KiWi
Paperback

KiWi
709

Über das Buch:

Katzenpsychologische Standardwerke kann man getrost auf den Müll werfen – hier kommt Smilla. Wozu sollte man wissen wollen, warum sie das rote Sofa zerfetzt und einem kostbare Gaben in Form kleiner Mäuseleichen vor die Tür legt? Es ändert ja nichts. »Smilla. Schönes Tier. Für ein Tier. Ich habe mich vorher extra auf Tierhaar-Allergie testen lassen beim Halsnasenohrenarzt, hat aber nichts genutzt.« Ein Haustier? Nein, danke! Jörg Bartel wollte die Katze anfangs nicht leiden können. Dann wurde er zum Schnurr-Bartel und fraß ihr aus der Hand. Leidgeplagt, liebevoll und augenzwinkernd erzählt er, wie die Familie auf die Katze kam, wie die Fütterung der Raubtiere ihn – unter anderem – die Nachtruhe kostet, als Smilla ihren ersten Wurf zur Welt bringt. Wird das rote Sofa die Krallen von fünf weiteren Grauen überleben?

Über den Autor:

Jörg Bartel, Jahrgang 1957, studierte Literaturgeschichte, Theaterwissenschaften und Philosophie in München. Seit 1991 ist er Feuilletonchef der »Neuen Ruhr/Rhein Zeitung« (NRZ). 1990 erhielt er den Theodor-Wolff-Preis.

Weiterer Titel bei K & W:

»Und träumt jetzt schön, verdammt noch mal. Ein Elterntrostbuch« (KiWi 515)

Jörg Bartel

Auf die Katz gekommen

Schnurren aus dem wahren Leben

Kiepenheuer & Witsch

Die vorliegenden Texte sind zu einem Großteil zuerst in der »Neuen Ruhr / Rhein Zeitung«, Essen, erschienen.

2. Auflage 2003

Umschlaggestaltung: Barbara Thoben, Köln
Umschlagfoto: © photonica / Neo Vision
Gesetzt aus der Bembo
Satz: Greiner & Reichel, Köln
Druck und Bindearbeiten: Clausen & Bosse, Leck
ISBN 3-462-03158-9

Inhalt

Schwein gehabt: bloß ein Igel!

Nicht auszudenken, hätten sie ein Pferd gefunden, mutterlos, vaterlos, obdachlos. Oder ein Huhn. Oder einen Komodowaran. Sie haben aber glücklicherweise bloß einen Igel gefunden, rund 200 Gramm Igel netto, vor unserer Gartentür. Die haben sie der November-Einsamkeit und dem grimmen Winter entrissen, in den Pantoffelkarton von Karstadt gepackt und heimgeholt in die Kolumbusstraße 123. Und so haben wir jetzt einen Igel. Kein Pferd, kein Huhn und keinen Komodowaran, aber einen Igel.

Der wäre sonst jämmerlich gestorben. Hätte er 600 Gramm mehr auf den Igelrippen gehabt, würde er sich für den Winter draußen eingeigelt haben, im Frühjahr gähnen, 10 000 Schnecken fressen und ansonsten frei rumigeln. Hatte er aber nicht, also haben wir einen Cap-Anamur-Igel.

Dürfen wir den Igel behalten?

Klar dürfen wir.

Igel kannten meine Kinder bisher nur in der Platt-Ausgabe mit Reifenprofilrücken. Igel sind Natur und lehrreich. Und: Igel wiehern nicht und gackern nicht rum und machen nicht, was Komodowarane vermutlich machen, und hauen im Frühjahr netterweise wieder ab, um alle unsere Schnecken aufzuessen. Und: Igel vertreiben Hauskatzen, bevor sie da sind, und Hunde auch. Igel sind also nützliche Tiere. Igel bleibt.

Er bleibt den ganzen Winter lang und ist angeblich süß. Obwohl ja so ein Feldwaldundwiesenigel, den man an der Ecke findet und aufliest, damit ihn nicht Mutter Natur um dieselbe bringt, normalerweise nur zu 40 Prozent aus Stacheln besteht. Der Rest sind Flöhe und Zecken. Aber die Igelstation in Essen hat ihn geprüft, für zu leicht (230 Gramm), aber auch floh- und zeckenfrei befunden, und so schmatzte er denn bei uns im Heizungskeller. Das tat er übrigens bei genau 20 Grad, denn bei höheren Temperaturen schwitzt er sein bisschen Fett weg, und bei niedrigeren denkt er, es sei Winter, pennt ein, wacht im März auf und ist tot: verhungert.

Aber er musste ja unbedingt zunehmen, der Igel. Bis 600 Gramm Minimum. Darum musste er tüchtig essen und täglich gewogen werden, wozu man eine Feinwaage kauft, von der er immer wieder runterhüpft und die nach jedem Wiegen desinfiziert werden muss. Mit blutigen Fingern vom Igelaufheben.

Was frisst der Micker-Igel? Katzenfutter natürlich. Schnecken kann er noch nicht vertragen, Äpfel und Möhren auch nicht, eigentlich überhaupt nichts von dem, was Igel meiner Meinung nach essen sollten, aber Rührei (salzlos) und: »750 Gramm Rinderhack und drei Hähnchenbrustfilets, bitte«, sagte meine Frau laut an der Edeka-Fleischtheke, und murmelte dann schief: »U-und zwei Hühnerflügel.«

»Hühnerflügel?«, guckten 2000 Fleischthekennachbarn. »Hühnerflügel?«, donnerte der freundliche Fleischer leutselig, »hamsen Igel?« Und es muss geklungen haben wie »Haben Sie einen Vogel?« oder Schlimmeres.

Ja, und wie sollte er heißen, der auf Hühnerflügel fliegende Igel? Rosa, die ihn mit Karla vorm Gartentor fand, hatte ihm sofort einen Namen gegeben: Nicky. »Nicky« war schlau gewählt, denn vor lauter Stacheln wusste man wirklich nicht, ob sie oder er Nicky hieß, und Nicky geht immer. Nun hatte aber Jan auch Namenspatronage betreiben wollen und mit kühner Rechtschreibung »Swieti« auf den Pantoffelkarton gekrakelt, weil der oder die ja »soooo süß« sei. Und schon war das Drama da, bitter:

Rosa heulte Protest: ihr Igel, ihr Name, ihr Nicky! Jan, in einem Anfall von Diplomatie, bequemte sich zu säuseln: Swieti sei »ja nur der Nachname«, und wir atmeten kurzzeitig auf. Rosa aber heulte Sturm: Nein, Bartel sei der Nachname. Und Plischka (wegen Karla). Und dann heulte Jan, bis dass wir entschieden, dass dieser kurze ordinäre Igel einen extraordinär langen Namen für den langen Winter in unserm Heizungskeller durchaus verkraften könne. Und so haben wir den einzigen Igel westlich des Urals mit einem Bindestrich wie eine Gesamtschullehrerin: Nicky Swieti Plischka-Bartel.

Der Igel (den wir vorvorgestern mit 630 Gramm zum Winterschlaf ins Gartenhäuschen umgesiedelt haben) hatte nichts dagegen.

Wie man keinen Kater kriegt

Ja, und eine Katze haben wir jetzt auch: Smilla. Schönes Tier. Für ein Tier. Ich habe mich vorher extra auf Tierhaar-Allergie testen lassen beim Halsnasenohrenarzt, hat aber nichts genutzt. Ich bin so ziemlich gegen alles allergisch: Haselbusch, Milbe, Cornflakes, Gänsefedern, aber leider nicht gegen Stacheln und Tierhaare. Ja, man kann nicht immer Glück haben, und wenn man auch noch Pech hat, kriegt man einen Kater.

Oder eine Katze. Das liegt an dem blöden Igel, an besagtem Nicky Swieti Plischka-Bartel. Bevor wir ihn in Maibaums todschicke Umzugskartons verpackt und dann ins Gartenhäuschen ausgelagert haben, hat er bei uns das Tier-Tabu rasiert. Und durch ihn waren ja nun schon mal Katzenfutter und vor allem dieser fiese Katzenfuttergeruch im Haus. Und dann war da natürlich Rosas Weihnachtswunsch. Bei uns dürfen Weihnachtswünsche nämlich auf Weihnachtswunschzettel geschrieben werden, damit das Christkind (Rosa kneift längst Äugsken) den Eltern (Jan kneift auch Äugsken, weiß aber nicht, warum) einen Tipp gibt, was denn die artigen Kindlein usw. usw.

Jan hat zwei Seiten voll geschrieben, teils Block-, teils vereinfachte Grundschrift, teils Hochdeutsch. Was heißt Hochdeutsch: Das meiste war plattestes Amerikanisch (glauben wir) und endete auf »-inator«. Ein Haufen Plastik aus der Abteilung für ganz schlechten Geschmack, wahlweise transformierbar in Fluggleiter, Turboraketen, Katapulte und Megamaschinengewehre. Poach!

Rosa hatte nur einen einzigen Zettel gemacht, Vollhochdeutsch, und darauf stand nur ein einziges Wort:

»Kuschelhäschen.«

Sie hat dann nach einer Woche noch einen zweiten Zettel angefertigt, auf dem stand auch »Kuschelhäschen«.

Mit Ausrufezeichen.

Und dann kam der dritte: »Ich wünsche mir nur ein Kuschelhäschen. Wenn ich das nicht kriege, rede ich an Heiligabend mit euch kein einziges Wort.« Punkt. »Ich meine es ernst.« Punkpunktpunkt, Ausrufezeichen, Ausrufezeichen, Ausrufezeichen. Und dann hat sie noch einen wirklich sehr hübsch gelungenen Totenkopf mit gekreuzten Unterschenkelknochen dazu gemalt.

Tja, was macht man da?

Man wehret den Anfängen, führt ein sehr ernsthaftes Gespräch über strafwürdige Erpressung und darüber, wo das alles endet, nämlich im Zuchthaus, nimmt Rosas feuchtäugige Einsicht auf wie ein trockener Schwamm, macht Häschen, Hasen und Karnickel moralisch, charakterlich und überhaupt runter, preist die Vorzüge von – nur so zum Beispiel – Kätzchen, die wissen, wo ihr Klo aufhört und wo mein Wohnzimmer anfängt, die es aber nun mal leider nicht, so will es die Natur, an Weihnachten gibt, sondern nur im Frühjahr und Herbst, und dann, denkt man, hat man einen sehr schönen Erziehungsfortschritt erzielt.

Und dann kriegen die »liebsten Eltern von der ganzen Welt« einen neuen Weihnachtswunschzettel, auf dem steht: »Ich wünsche mir zu Weihnachten einen Zettel, auf dem steht, dass ich *vielleicht* im Frühjahr ein Kätzchen kriege.«

Tja.

So viel Durchtriebenheit muss belohnt werden. Natürlich hatten wir sie schnell von Klasserassekatzen wie Siam, Persern, Norwegischen Waldkatzen und Kartäusern runtergehandelt (800 Mark für so einen schnöden Schnurrer? Wir sind doch nicht bekloppt!). Und suchten nach einem Feldwaldundwiesenbastard, getigert, gefleckt oder uni. Und dann gab's natürlich keinen im Angebot, wie immer, wenn man was dringend sucht, das man hundertmal mit Händen und Füßen abgelehnt hat, und dann hakte die linke Hinterbackenbremse (648 DM) und wurden uns weit weg in Italien Kühlschrank, Herd und Wasserpumpe geklaut, und da war's dann auch egal. War ja das Jahr der Dummheiten.

So fanden wir Smilla. Westfälin aus Menden, 1a-Katzenkinderstube, Britisch-Kurzhaar, lilac, grau, Fast-Kartäuser (Vater heißt »Heavy Metal«; Mutter ist eine »von«) und genauso teuer. Und so was von süß. Zuname Bartel.

Ja, so ist das: Früher war Kolumbus 123 tierfreie Zone, jetzt ist sie ein Zoo.

Die Katze unterm roten Sofa

Ja, Smilla. Smilla Bartel ist ein Traum von einer Katze, und hätte mich meine Tochter nie geliebt, hätte sie spätestens damit angefangen, als ich am Samstagvormittag sagte: »Ach, was soll's«, und sie am Samstagnachmittag mit der Hand voll Katzenkind (und meiner – merkwürdig – triumphierenden Gattin im Schlepptau) in die Kolumbusstraße 123 stolperte. Was tut man nicht alles, um wenigstens einmal der beste Vater von der ganzen Welt zu sein?

Na, so was wie das hier.

Abends sahen wir sie nicht. Da lag sie unterm roten Sofa, platt wie ein Igel, der nicht von den Bartels gerettet wird. Und in der Nacht hörten wir unten ein Miauen, als ob der liebe Gott gestorben wär.

Lässt sich tagsüber nicht sehen, aber miaut nachts, das Aas. Die Paniksymptome glichen denen aus längst vergangenen, aber durchaus noch nachwirkenden Babyphonzeiten: Herzbeben, Angstfontänen, Instinktausbruch und allmählich ansteigende Kragenweite.

Nachdem ich meiner Frau irgendwann gegen drei Uhr morgens sanft nahe gebracht hatte, dass sie ja nun wohl, ähem, leider, leider für teures Geld die einzige komplett verhaltensgestörte klagende Katze aus dem westlichen Westfalen hergeschleppt habe, dass diese Katze sozusagen offenbar für die Katz sei, und hiernach eine Stunde damit verbrachte (»Also bin ich wieder schuld?!«), mich in tätiger Reue zu üben, während Smilla nicht aufhörte, entweder unsichtbar zu sein oder schlafzerreißend zu miauen, trafen wir uns gegen fünf Uhr morgens todmüde und melancholisch auf dem roten Sofa im Wohnzimmer wieder, unter dem sich die laut Züchter »zutrauliche und verschmuste« Katze verbarrikadiert hatte, und veranstalteten ein Riesenbeseufznis.

»Wie lange leben eigentlich Katzen?«, fragte ich, um ein bisschen Optimismus einzustreuen. »15 bis 20 Jahre«, antwortete meine kluge Gattin.

Dann sagte ich »oh« und für einige lange Minuten nichts mehr.

Wir blieben dann wach. Die Nacht war ja eh keine mehr und die Katze unterm roten Sofa inzwischen eingeschlafen oder heiser.

Am anderen so genannten Morgen kam Rosa enthusiastisch nach unten gehüpft, um ihre Katze zu herzen. Katzen, die platt unter Zweizentnersofas liegen, kann man aber nicht herzen. Ich knurrte was in der Richtung, dass wir ihr wohl doch lieber einen Zettel zu Weihnachten geschenkt hätten. Den hätten wir prima unters Sofa werfen können und im Frühjahr wieder drunter vorgezogen. Wäre aufs selbe rausgekommen. Nur billiger.

Nun hat aber meine ansonsten ziemlich abgehärtete Tochter nicht immer und in jedem Fall einen Sinn für Vaters Humor und ließ es salzig kullern, kullern, kullern.

Zweite Tutmirleid-Runde.

Die endete damit, dass ich für die bildschöne, aber unsichtbare Smilla einen für Weihnachten vorgesehenen Graved-Lachs-Aufschnitt aufschnitt und auf ihren Teller legte. Als vertrauensbildende Maßnahme, als aktive Bestechung, als Friedensangebot – alles miteinander.

Smilla blieb unterm Sofa.

Rosa guckte aus dem Fenster, wie nur Rosa aus dem Fenster gucken kann: blass, wässrig, stumm, und man hört den ganzen Tag lang ihre Tränen nach innen rinnen.

Meine Frau guckte, wie ich wohl guckte, und hätte mich ziemlich sicher erschlagen, wenn ich mich nur ein bisschen verguckt hätte.

Jan schwieg, ein seltener Fall von Pietät.

Der Abend war für die Katz. Die Nacht war Miauen. Am

Morgen, es war Montag, hielt ich, flach auf dem Bauch liegend und im Schnurreton, der Katze oder dem Sofa einen längeren Vortrag über die armen Katzen in Afrika, die froh wären, wenn sie mal einen so tollen irischen Graved-Lachs kriegen dürfen würden, und danach war mir ein wenig wohler.

Dann fuhr ich wehen Herzens in die Redaktion, um ein bisschen Geld für Katzenfutter zu verdienen, und hielt die Kollegen mit Mutmaßungen über undankbare Haustiere und Fehlinvestitionen von der Arbeit ab.

Ballermann sei Dank

Wissen Sie, was das Blöde an Leuten ist, die Haustiere haben? Dass sie pausenlos was über ihre blöden Haustiere erzählen: dass es Dackel Detlef »irgendwie« ahnt, wann Frauchen nach Hause kommt, und schon fünf Minuten vorm Motorabstellen euphorisch in die blaue Hundeleine an der Haustür beißt; dass Nymphensittich Nora auf Kommando kackt, wenn man die ersten Takte von »Mambo Nr. 5« spielt, so toll finde er das Lied. Dass man auf einmal Schockdurchfall mit Musikalität verwechselt, das ist das Blöde an Haustieren und denen, die sie haben. Das Allerblödeste ist: Wir sind natürlich genauso.

Alle wissen es. Alle wissen bereits, dass wir Zweibeiner in der Kolumbusstraße seit ein paar Tagen bäuchlings unsere Freizeit verbringen, damit sich der einzige Vierbeiner im Haus tierisch amüsiert: alle Nachbarn und alle Freunde, alle Handwerker, die Briefträgerin, alle Lehrer und der Budenmann, bei dem man »Knicklichter« und essigsaures Weingummi kaufen kann, sowieso. Sie wissen, dass wir dabei vorzugsweise gelbe und grüne Riesenstrohhalme aus Plastik in den Händen halten: Originalballermannstrohhalme aus Mallorca, die uns, glaub ich, unsere Freundin Me mal geschenkt hat. Grinsend.

Wir haben circa vier Jahre lang keine rechte Verwendung dafür gehabt: wir Eltern, weil wir schon auf Mallorca am liebsten direkt aus dem Glas getrunken haben, egal was, unsere Kinder, weil sie auf einen Stuhl steigen müssten, um aus ihren Bechern per Ballermannstrohhalm zu saugen.

Die Albernheit dieser Vorstellung ficht selbige natürlich überhaupt nicht an. Aber sie müssten sich dabei die Schuhe ausziehen. Und dazu sind sie schlicht zu faul.

Unsere Smilla aber, Smilla Bartel, geborene Heavy Metal und »von …«, findet Ballermannstrohhalme irgendwie voll geil. Offenbar muss es in der Natur gelbe und grüne Plastikmäuse geben mit einer 0,5-Zentimeter-Taille und einer ungefähren Länge von einem Meter: Smilla ist verrückt nach Ballermannstrohhalmen, und sie spielt damit großer starker Serengeti-Löwe, hetzt und fetzt und beißt und kratzt so enthusiastisch, dass wir ihr immer neue Ballermannstrohhalme zum Fraß vorwerfen.

Wir sind zwar fernwehmäßig auf Italien abonniert, aber bald müssen wir dringend mal wieder nach Mallorca, Strohhalme kaufen.

Es liegen aber neuerdings neben (uns und) Strohhalm-Schnipseln auch eine umgarnte Fuchsschwanz-Spitze ungeklärter Herkunft, Walnüsse und Tennisbälle im Wohnzimmer rum. Alle wissen das. Denn natürlich hat Rosa der ganzen Kolumbusstraße live und in Farbe davon berichtet. Und dass sie es war: Rosa Bartel, die Smilla unterm roten Sofa vorgelockt hat. Rosa Bartel, Katzenmutter. Mit einem gelben Ballermannstrohhalm!

Stimmt auch: Auch wenn es sich die Bartelsippe (sogar der als katzenresistent verschrieene Opa Heinz) angewöhnt hat, wie Tanten an der Wiege mit Piepsstimme iiiidiotische Kosenamen auszustoßen, die vor lauter »i«-s in den Ohren schrillen oder auf »chen« enden: »Smilliiii«, »Häschen« (wobei mir »Mäuschen« für eine Katze noch immer der idiotischste von allen zu sein scheint).

Aber es war in der Tat und unbestreitbar Rosa, die durch den ersten öffentlichen Auftritt der nagelneuen und abgezockten Rassekatze als Rassekatzenmutter geadelt wurde: Smilla kam, Montag – High Noon, unterm Sofa vorgeschossen, erlegte Halm, sah Rosa, umschmeichelte Rosas Beine, schnurrte, Schwänzchen in die Höh', unter ihrer Hand wie mein oller Rasierapparat, aß das ganze Igelfutter, umschnurrte Rosa ein zweites Mal und war nun auch offiziell und unwiderlegbar ihre Katze. Ihr Einundalles. Ihr Mäuschen, das neben der Jagdbarkeit von Ballermannstrohhalmen instinktiv erkannt hat, auf wessen Wunschzettel sie gestanden hatte.

Rosa hat seitdem so was Seriöses. Und ihr muttermildes »Hachja« beim Katzekloschrubben müssten Sie hören! Hätte unser irgendwann einmal Mäuschen killendes Mäuschen zufällig Jan die Ehre gegeben – wir hätten ein echtes Problem gehabt.

Aber Fräulein Smilla hat ein Gespür für so was.

Ja, das macht die Katze froh

Wofür unsere Smilla – noch – kein Gespür hat, ist das, was Katzen angeblich schon von Kindesbeinen an eigen ist: Hygiene. Im Gegensatz zu unseren Kindern, die schon früher die Katzenwäsche praktizierten, immerhin aber stubenrein sind, macht Smilla in die Stuben rein. Katzeklo-Katzeklo? Macht die Katze vielleicht froh, aber darum weiß sie noch lange nicht, wozu es gut ist.

Sie müssen sich das so vorstellen: Wir wohnen in so was von überhaupt keiner Villa, sondern in einem schnuckeligen, leicht verhutzelten Hexenhäuschen auf der Heimaterde, sehr hübsch hinterm Murmelbach, Baumgroßvätern, Haselbüschen und derzeit ziemlich öden Weinranken verborgen, unweit vom Rhein-Ruhr-Zentrum. Das Hexenhäuschen besteht nicht aus Lebkuchen, sondern aus soliden Mauern, die nur im Keller etwas feucht sind. Es besteht quasi bloß aus Mauern, nur sind zwischen den Mauern ein paar Atemlöcher frei gelassen worden: Das sind die Räume, in denen wir wohnen. Darin stehen im Parterre ein Esstisch, den wir nur ausziehen können, wenn die Terrassentür offen ist, eine Bank, drei Stühle, ein blauer Schrank, Regale, Regale und das dicke fette rote Sofa, unter dem vor kurzem die Katze hauste.

Die Decke ist niedrig, extrem niedrig: Wenn der Teppich nicht so flach wäre, würden wir nicht mehr drunterpassen. Also: Wo, bitte, soll da das Katzeklo-Katzeklo hin?

In den Schweinestall a. D., der einstmals ebenso zum normalen Heimaterde-Häuschen gehörte wie der Hühnerstall und der Birnbaum im Gärtelchen. Diesen heute komplett schweinslosen Schweinestall würde, wäre er eine Hundehütte, jeder Hund vor die Menschenrechtskommission zerren, aber er ist gerade groß und gut genug für meine Bücher, den kleinen Schreibtisch und mich.

Und ein Katzeklo.

Das mag Smilla aber nicht. Sie »ist ja noch so klein, Papa« und weiß angeblich noch nicht, dass sie unter anderem deshalb kein Kaninchen oder Hund geworden ist, weil sie *nicht* überall hinmacht. Sie macht aber ihren Haufen Ärger praktisch überall, nur nicht da, wo sie soll. Sie hat mittlerweile erfolgreich im Schlafzimmer, im Badezimmer und im Keller verklappt, und ich weiß nicht, ob mir mittlerweile Katze mehr stinkt als Haushaltsessig.

Ja, liebe Frau Lemärie vom Tierschutzverein Duisburg e. V., das ist so. Und ich sag ja nix, ich meine ja nur. Außerdem haben wir – ja, das macht die Katze froh – mittlerweile drei Katzeklos: im Schlafzimmer, im Badezimmer und jenes dritte, das nie benutzt wird, in meinem Arbeitszimmer. Unser romantisches Hexenhäuschen mit den lila Fensterläden ist mit Smillas Auftritt ein Abtritt geworden, ein Einfamilien-Lokus.

Und wenn wir erst ein Katzeklo ins Wohnzimmer und noch eins unters rote Sofa gequetscht haben, dann gilt unsere Smilla, zumindest bei 75 Prozent unserer Familie, bald als 100 Prozent stubenrein.

Mit der Hochzeit hat es noch Zeit

Ist ja nicht so, dass bei uns in der Kolumbusstraße alles für die Katz wäre. Smilla, Smilla, immer nur Smilla! Puh! Nein, jeden Sonntag zumindest geht Rosa tierisch fremd und reitet auf Pferden rum, die oben viel zu hoch und hinten viel zu hart sind, als dass ich da mitreden wollte, geschweige denn: mit reiten. Rosa aber reitet mit 20 anderen Fast-nur-Mädels immer im Kreis rum, linksrum, linksrum, linksrum, trottet, trabt und galoppelt, und wenn nicht ab und zu mal eins runterfiele, schliefe ich dabei schneller ein als beim Schäfchenzählen. Aber so bin ich froh, dass mein an Sonntagen höheres Töchterlein mal an was anderes denkt als an Smilla.

Denkste.

Der schöne Reiterhof, da im grünen Irgendwo zwischen Oberhausen und Mülheim, besitzt außer Pferden und einem Haufen Stallungen auch einen großen Schuppen, der manchmal offen steht. Und wenn er offen steht, sieht man darin eine schneeweiße Hochzeitskutsche blitzen, wie ich sie seit Disney's Cinderella nicht mehr gesehen habe: ein Traum von einer Hochzeitskutsche. Und deren Anblick brachte meine Tochter prompt ins Sinnieren, wen wohl unsere kleine Smilla einmal heiraten möchte. Sammy und Flo, unsere beiden Nachbarkater, sind bildschön, einer sieht aus wie die Nacht persönlich im Tunnel, der andere wie ein Orca und ist auch ungefähr so groß. Charakterlich, da gibt's nix, sind die beiden einwandfrei. Und unsere Nachbarn sind sowieso über jeden Zweifel erhaben: Sie ist Krankenschwester, er ist Architekt. Also wären durchaus alle Voraussetzungen für eine glückliche und fruchtbare Verbindung auf Katzenebene gegeben – wenn die Kater noch Kater wären. Es sind aber Ex-Kater. Rosa hat das übrigens viel cooler rekapituliert als wir erklärt: »Schnipp! Aus!«

Ja, und nun? Wir haben ihr gesagt, dass Smilla noch viel zu jung zum Heiraten ist. Sie ist doch noch ein Kind, ich bitte Sie! Und überhaupt ist das ja alles nicht mehr so wie früher.

Letzten Sommer zum Beispiel war Sommerfest in der 123. Wir sitzen zusammen, Martin und Uschi, ein ewiges Single-Paar seit Anbeginn der Zeiten, waren aus München gekommen. Wir tratschen seit Stunden über den und die, damals und dann, über Schicksale und Scheidungen. »Apropos Scheidungen«, sagt Martin, den wir seit über 20 Jahren mögen, »wisst ihr, wer vorgestern geheiratet hat?«

Nee, sagen wir.

»Ich!«

Haben die, schwupps, geheiratet, nach 15 Jahren Beteuerung, so was gehöre sich nicht, erstens weil und zweitens sowieso. Sie haben heimlich geheiratet. Wir haben uns ziemlich unheimlich gefreut.

Und jetzt Norbert und Corin. Dabei waren wir eigentlich zum Doppelkopf verabredet gewesen! Aber gegen 19 Uhr ruft Norbert an: Würde zu spät, Corin habe Husten, müsse noch packen, und, ach ja, morgen um zehn Uhr werde in Krefeld, Standesamt Bismarckplatz, geheiratet.

»Ach«, haben wir gesagt, »und wer wen?«

»Wir uns.«

»Ach. Und?«

Nix und. Anschließend gehe es nach Karlsruhe, Termin mit einem Regisseur, vorher Trauung ohne Zeugen und »Schnickschnack«. Nur Ja, Ja und ab ins Auto.

»Und wer streut Reis?«

»Was für'n Reis?«

»Den für die Brautleute.

Also sozusagen für euch. Wer streut den?«

»Warum?«

»Damit ...!« – Macht man halt so, und zwar schon immer. Und man heiratet auch nicht morgen, sondern – mindestens! – zwei Monate nach Vorwarnung. Und dann freuen sich die Eltern, die sich nicht einmischen, und nehmen alles in die Hand und machen alles so toll, dass man sich gerne auf der Stelle scheiden lassen würde, wenn man schon verheiratet wäre, und dann lädt man Freunde ein, und die Freunde kommen dann, lachen und heulen ein bisschen, dann macht's plöpp! und Kuss und alles Gute, und dann werfen sie Reis, und dann wird schamlos gefeiert, und die Hochzeitsnacht wird die langweiligste eures Lebens, und am anderen Morgen haben alle Kopfschmerzen. Und dann seid ihr meinetwegen verheiratet! Aber nicht so!

»Ach? Na, gut. Dann kommt doch vorbei.«

Nee, so kommen wir nicht. Nicht so. Wir wollen, dass eure Hochzeit was Besonderes ist.

»Mal langsam: WIR heiraten doch, nicht ihr, und wir dachten …«

Ok. Aber das ist das letzte Mal!

»So ist es auch gedacht.«

Versprochen?

»Versprochen.«

Es war eine schöne Trauung. Saukalt war's in Krefeld, der Himmel weinte, meine Frau auch, und am Matschreis vorm Standesamt haben sich mindestens drei Brautpaare die Haxen gebrochen. Also alles in allem – doch, ja …

Aber bei Smilla wird das anders!

Warum Katzen keine Mäuse fressen

Früher haben wir am liebsten Romane gelesen, meine Frau und ich. Ganz dicke. Heute haben wir für so was keine Zeit mehr, wir müssen nämlich Katzenbücher lesen. Über Aufzucht, Ernährung, Körpersprache, Fluchtverhalten, Entwurmung, Katzenarten und -unarten, Katzenstreu und Katzenaids, über Katzen im Allgemeinen und im Urlaub (es wird wohl auf Katze statt Urlaub hinauslaufen), über läufige, häufige und Häufchen machende Katzen.

Das alles ist ungemein spannend und lehrreich und unserer Katze schnurzegal. Die beißt in unsere Yuccapalme, kaut auf meinen Pantoffeln rum, isst am liebsten Möhren und macht überhaupt viel falsch, wohl deswegen, weil sie ja nicht lesen kann.

Könnte sie unsere Katzenbücher lesen, würde zum Beispiel das »Plopp« nicht mehr stattfinden, das wir allabendlich über unseren Häuptern hören. Das »Plopp« ist jenes Geräusch, das im Parterre entsteht, wenn im ersten Stock ein neunjähriges Kind eine fünf Monate alte, über alles geliebte Rassekatze aus dem Zimmer schmeißt und die Katze auf Teppich- über Holzboden landet: Plopp! Dann wissen wir, Rosa hat die Nase voll von Katzen, die ab neun Uhr über Betten galoppieren, in denen Kinder schlafen wollen, die morgens um acht in die Schule müssen, ob sie wollen oder nicht. Rosa ist da überraschend unromantisch: »So, Mäuschen, Feierabend!«

Plopp.

Dann pennt Smilla bis kurz vor Mitternacht im Wohnzimmer wie ein kleiner, weicher, grauer Stein, während wir spielen, quasseln, fernsehgucken. Erst wenn wir ins Bett gehen, steht sie wieder auf. Anfangs fanden wir das ja hoch putzig: all das Zehenjagen, Kopfkissenrupfen, Unterdeckenverstecken und Herumtollen im Schlafzimmer. Mittlerweile verbarrikadieren wir Eltern uns aber auch, weil Smilla nämlich genau dann anfängt zu randalieren, wenn wir das Licht ausmachen. Sonst sehen wir morgens wieder aus, als hätten wir einen Kater.

Könnte Smilla lesen, wüsste sie, dass sie sich eigentlich sanft dem menschlichen Tagesrhythmus anzuschmeicheln hat. Aber so?

Das Lesemuffeln hat aber auch Vorteile. Wir haben da ein altes Katzen-Buch in die Finger gekriegt, das kann nur ein Hundefanatiker geschrieben haben. Da steht zum Beispiel drin, dass Katzen von heute keine Mäuse fressen und warum: Weil sie nämlich, anders als einst in Ägypten, wo sie den Pharaonen jahrtausendelang die Kornspeicher mausfrei fraßen und es dafür sogar bis zu Gottheiten gebracht haben, pappsatt sind vom Katzendosen- und Trockenfutter, klar. Darum erbeuten sie heutzutage zwar die Mäuse und legen sie angeberisch vor die Tür; aber sie essen sie halt nicht, sondern stochern nur so langzahnig drin rum wie Jan in Pilzrisotto (»Mmmh! Der Pilzrisotto schmeckt klasse. Nur die Pilze …!«)

Katzen sind ja nicht blöd: die ganzen Haare drumrum und drinnen das Gekröse – eklig!

Ja, dann setzen wir sie eben auf Diät, sagt da vorlaut der gesunde Menschenverstand.

Ha!, höhnt das Katzenbuch: Wenn Katzen hungrig sind, sind sie schrecklich nervös, viel zu nervös zum Jagen! Zappeln da vorm Mauseloch rum und hauen voll daneben. Wenn sie Mäuse essen würden, würden sie sie nicht kriegen, wenn sie sie aber kriegen, essen sie sie nicht! – Also?

Beißt sich die Katze in den Schwanz.

Und daher schlägt das Katzenbuch vor, die Katze weiter zu mästen und in aller Gemütsruhe Mäuse jagen zu lassen. Und wenn unser Mäuschen dann das Mäuschen anschleppt, dann sollen wir es tüchtig loben und ihm zur Belohnung »ein schönes Stück« aus dem Mäuschen herausschneiden und unter lautem Mmmh-lecker-Lügen am Katzentisch servieren!

Abgesehen davon, dass uns schon beim Gedanken daran schlecht wird: Wissen Sie, wo bei einer Maus das Filet ist?

Eben.

Spitzmäuse mögen sie übrigens grundsätzlich nicht, nicht mal als Haschee. Smilla weiß das natürlich nicht, sie hat ja noch keine Spitzmaus gesehen, nur Socken, Tennisbälle und Ballermannstrohhalme. Und, wie gesagt, sie kann ja nicht lesen.

Von solchen und solchen Mäusen

Joey Maibaum (von gaaanz schräg gegenüber) ist von der Schaukel gekippt und hat sich das Schlüsselbein angebrochen, und Smilla Bartel hat eine Maus gefangen! Ihre erste Maus! Unglaublich.

Wir glauben's auch nicht. Wahrscheinlich ist die Maus durch Selbstmord gestorben oder war ein Geschenk der Nachbar-Exkater, mausetot. Sicher ist nur: Smilla ist mittlerweile stubenrein, wir haben die Zahl der Katzeklos auf zwei reduziert, 200 Mark für Katzen-Impfungen ausgegeben und Rosa (»Werd ich jetzt befördert?«) auf dem Gymnasium angemeldet. Vorher haben wir uns sehr lange und sehr oft gefragt, was sich alle Eltern rund um die Kolumbusstraße auch gefragt haben: bilingualer Zweig oder nicht?

Ist das nicht hübsch, wenn die Filialgeneration in Englisch voll gut drauf ist, so voll echt voll gut? Und kurz vorm Abi zum Beispiel voll weiß, dass der Holzwurm auf Englisch woodworm heißt? Weil eines der beiden in der Zweitsprache unterrichteten Fächer nämlich Biologie ist. Noch schöner wär's freilich, wenn sie auch noch ein bisschen Deutsch können täten. Und kann mir mal einer erklären, wie einer, der Radio, Fernsehen, Computer und Ohren besitzt, *nicht* Englisch lernen kann? Auf der anderen Seite ist unser Globus ja nicht nur eine runde Kugel, sondern neuerdings auch total global, und zwar an allen Ecken. Und man muss heutzutage schon den Unterschied wissen zwischen Daunenloden und downloaden.

Wir haben heute so und morgen so geredet. Und unsere Tochter auch. Und deren Freundinnen auch, und die bestimmen ja die Hemdfarbe, die Haarlänge, die Hosenweite und letztlich sowieso, wo's langgeht, hü-hott.

Den Müttern und Vätern der Freundinnen ging's genauso: heute so, morgen so, und was macht ihr? Bilingual heißt ja auch – streng genommen – »doppelzüngig«. Wir haben uns schließlich einmütig für die Einzüngigkeit entschieden, weil Rosa sich für die Einzüngigkeit entschieden hat, weil sich fast alle anderen auch für die Einzüngigkeit entschieden haben. Entscheidend war: Rosa hätte drei Stunden wöchentlich mehr lernen müssen.

Der Schock saß tief.

Und es gab noch einen: Unser sanft gebeulter Familienwagen, dessen Markenname vielleicht nicht ganz umsonst mit einem Schmerzenslaut beginnt, besitzt zu unserer Überraschung eine Zahnkette! Oder ein Zahnband oder einen Zahnkranz oder eine Zahnspange. Die regelt es, wenn Ventile mal spielen wollen oder so, kostet ungefähr dreifuffzig und geht irgendwann kaputt. Vielleicht. Vielleicht bestimmt. Und wenn sie kaputtgeht, ist alles aus, vor allem der Motor. Und das Auto können Sie vergessen.

Da sagt sogar der Laie: dann lieber das Zahndingsbums auswechseln. Der Automann sagt: Zahndingsbums auswechseln kostet – Voranschlag – 1200 Mark.

Schock.

Und nur mal nachgucken, ob das Dingsbums noch was taugt, kostet?

Auch 1200 Mark. Voranschlag.

Wenn man aus der Ohnmacht erwacht, fällt einem der Spruch von Ferdinand Raimund ein: Die Phönizier haben das Geld erfunden – aber warum so wenig?

Ja, und dann lächelt auf einmal der Himmel, als wär er blau, auf uns herab, und der Automann sagt: 620 Mark! Obwohl man ja weiß, dass Automänner niemals scherzen, fürchteten wir zunächst, dass er in unsere stumme Begeisterung hinein sagen könnte: Nein, Quatsch: doch 1200, war nur 'n Scherz!

Aber das tat er nicht. Fast 600 Mark weniger! Jetzt grübeln wir, was wir mit dem vielen Geld machen, wo doch auch das Telefonieren täglich billiger wird. Wir zahlen uns noch reich!

Allergie wie noch nie

Andere Leute haben so schöne Wohnungen. So adrett, so frisch gekämmt, so ordentlich. Bei uns liegt immer was rum: Autos, Lego-Monster, Mickymaus-Hefte, Ballermannstrohhalme, Katzen, Kinder. Und manchmal, vor allem nach dem Frühstück, könnte ein unbefangener Beobachter den Eindruck haben, bei uns werde tatsächlich vom Boden gegessen. Vor allem Müsli. Fatal.

Besonders fatal, weil ich ja bekennender Allergiker bin: Seit ein paar Jahren ist zu meiner Kindheitsallergie (der gegen gute Ratschläge), die ich leider an meine Kinder weitervererbt habe, noch die ein oder andere Allergie hinzugetreten, worüber sich besonders Leute freuen, die Niesen für was Lustiges halten oder gerne »Gesundheit!« brüllen. Und natürlich mein Halsnasenohrenarzt. Famoser Mann. 985,20 Mark hat er schon für Allergietests gekriegt, fünf oder sechs an der Zahl, weiß nicht mehr genau.

Jetzt weiß ich, dass ich – mindestens! – gegen Gräser, Pollen und Hausstaub (welchen, weiß man nicht) allergisch bin, wobei ich ihm geduldig erklärt habe, dass ich zum Beispiel gegen Katzenhaare auf gar keinen Fall allergisch sein kann, weil wir nämlich neuerdings eine hinreißende Superedelschmusekatze haben, die Smilla heißt und meiner Tochter gehört, die Rosa heißt, und dass meine Tochter mich glatt enterben würde, falls …

Der Mann hat sofort verstanden und wollte dann auch lieber ausgiebig nach ein paar anderen Allergien forschen, die für mich gegebenenfalls in Frage kämen. Dazu soll ich unter anderem Kaffeefiltertüten in den Staubsauger implantieren und, Tüte für Tüte, das Bett, das rote Sofa, den Wohnzimmerteppich und den Badezimmerläufer detektivisch absaugen.

Ich mag jetzt aber nicht mehr.

Ich habe sowieso jede Menge Allergien. Darunter ist unbedingt meine Hai-Allergie zu nennen. Die habe ich, seit ich im Kino den Weißen Hai geguckt habe. Seitdem kriege ich sogar im Schwimmbad ab einsachtzig Wassertiefe Schweißausbrüche und Pickel. Und ins Meer? Nur mit Boot drumrum oder Bodenhaftung.

Ja, und da ist natürlich die klassischste aller meiner Allergien: Ich habe eine schwere Spinnen-Allergie. Die beginnt bei Weberknecht-Teenagern über Stecknadelkopf-Leibdurchmesser und Büroklammerbeinlänge. Und wenn ich nur an diese behaarten, Markstück-großen, facettenäugigen Achtbeiner denke, die auch noch sehen, dass man sie sieht, und schräg und schnell die Wand hochkribbeln, dann treibt es mir – jetzt – die Nackenhaare steil durch den Hemdkragen. Bei echten Showdowns passiert nur noch eines: weiße Ohnmacht, ich blase die Backen auf, verdrehe die Augen, drehe mich auf den Rücken und treibe kieloben durch den Alptraum wie ein toter Fisch.

Meine Tochter hat das von mir, aber ich habe es nicht von meiner Mutter. Meine persönliche Mutter könnte Spinnen knutschen. Wenn sie eine im Haus erwischt, fasst sie sie (Kollaps!) sogar an, birgt sie schützend in ihren Händen (Schockstarre!) und bringt sie, statt hysterisch zu schreien, in den Garten (in den ich mich seitdem nicht mehr traue). Meine Mutter ist eine Heldin, und sie lächelt immer etwas schief, wenn es um Spinnen und ums Spinnen geht.

Es sei denn, sie sähe eine Maus. Ich bitte Sie: eine Maus! Ich liebe Mäuse! Smilla liebt Mäuse auch! Alle lieben wir Mäuse, und wir haben in Ermangelung echter lebensmüder Ess-Mäuse unserer mausefreundlichen Katze Spielmäuse gekauft, ich glaube, zehn Stück für zwölf Mark im Beutel. Die sehen aus wie echte Mäuse, liegen nach fünf Minuten schwanzlos neben Ballermannstrohhalmen und Mickymaus-Heften in der Wohnung rum – und würde meine Mutter ihrer ansichtig, würde meinen Bruder und mich das, ungewollt, aber erheblich unserem Erbe näher bringen. Darum habe ich ihr, die freitags freundlicherweise das Kindersitting in der Kolumbusstraße auf sich nimmt, vorsichtshalber einen Brief geschrieben und auf den Wohnzimmertisch gelegt:

»Lieb's Mütterlein!

Keine Angst, die Mäuse, die du in der Wohnung siehst, sind nur Smillas Spielmäuse!

Meistens.«

Was macht eigentlich der Dings?

Sind Sie auch so vergesslich? Vergessen Sie auch immer alles? Manchmal? Nein? Und wie hieß Alzheimer mit Vornamen?

Na?

Ha!

Wenn Sie sagen, Sie seien nicht vergesslich, dann haben Sie's nur vergessen. Aber trösten Sie sich: »Die wichtigen Dinge vergisst man nicht«, hat ein kluger Mann gesagt. Der – wie hieß er noch? Der – Dings.

Scherz beiseite. In unserer Informationsgesellschaft, in der immer schneller immer mehr Informationen über Dinge an den Mann oder die Frau gebracht werden müssen, die kein Aas interessieren, hat nur der eine reelle Chance, der in der Lage ist, ordentlich was zu vergessen. Sonst würden sich in seinem armen kleinen Schädel gar zu viele Informationen ansammeln, vor sich hin faulen und stinken, als dass er je in der Lage wäre, die wichtigen Dinge abzurufen. Die wichtigsten Informationen sind die, die man getrost vergessen kann. Sonst sieht es irgendwann im Hirn aus wie in Omas Keller: fünf Regale Einmachgläser, 100 Staubsaugerfiltertüten, 15 Terpentindosen und vier Raclette-... Vorrichtungen? -...Ensembles? – Äh.

Dingsbums.

Jedenfalls für »falls 's mal wieder 'n Krieg gibt.«

Der Himmel möge es verhüten!

Was wollte ich ...?

Donnerstag, Fleischtheke Edeka auf der Heimaterde. »50 Gramm Hühnerleber«, erbat meine Gattin schüchtern. »FÜR SMILLA?«, fragte die freundliche Fleischthekenfrau zurück. »Äh – ja«, will meine Frau geantwortet haben, irritiert, dass unsere Katze mittlerweile prominent, glücklich, dass die Welt doch klein ist, froh, dass ein einfaches »ja« genügte.

»Und was macht der Igel?«

Der – was? Der – wer? Der – ach du Heimaterde: der Igel! Unser Nicky Swieti Plischka-Bartel! Der gründlich entwurmte Katzenfuttervertilger. Der Hühnerflügelfetischist! Der mickerige Stachel-Penner im zugigen Gartenhäuschen, der schuld daran ist, dass wir unsere Fahrräder, den Torf und den Dachkoffer nicht benutzen können! Den wir hochgepäppelt, dem sicheren Hungertod und der Max-Halbach-Straße entrissen haben, für den wir Rührei ohne Salz manschten und uns (*»Hüüüühnerflügel?!«*) an der Fleischtheke veräppeln ließen, das wichtigste Geschöpf auf Erden, bevor Smilla kam? Was macht der eigentlich?

Das Katzentrockenfutter in Maibaums Umzugskarton ist absolut jungfräulich.

Der alte halbe Apfel, den wir jede Woche gegen einen neuen halben Apfel austauschen, ist zutiefst unangenagt. Kein einziges Häufchen häuft sich im Karton. Schläft der Igel noch? Oder ist er schon im Igelhimmel, endlich blond und flauschig weich, und weidet friedlich neben tausend Nacktschnecken, die bunte Primeln hinter den Ohren tragen?

Wir haben das mit Nicky Swieti Plischka-Bartel getan, was wir auch mit Rosa und Jan Bartel getan haben: Wir haben ihn gestupst, um zu gucken, ob er noch atmet. Er hat müde »mfff« gemacht und sich eingeigelt. Einge-igelt. Und weitergepennt.

Wir werden ein Igelfest feiern, wenn er wieder aufwacht und nicht feststellt, dass er tot ist. Wir werden sagen: Igel, wir haben dich nie vergessen! Wir haben immer an dich geglaubt, auch als du nur 250 Gramm auf Oma Annemaries Gewürzwaage brachtest! Sei glücklich, mehre dich und iss tüchtig Nacktschnecken, Nicky Swieti Dingsbums!

Wie man reinfällt und rauskommt

Was haben wir uns früher Sorgen um unsere Kinder gemacht: Absperrgitter vor der Treppe, Schutzkappe auf dem Herd, Schutzkappe auf dem Kind, Kindersicherungen für die Steckdosen, Gabeln ohne Zinken, Messer, mit denen man alles konnte außer schneiden und stechen und pieksen, runder Ecktisch und ausschließlich essbare Blumen in der Vase, und wir haben, nebenbei, die Kombination von Stuhl und Zwangsjacke erfunden.

Nun sind unsere Kinder so ziemlich überall runtergefallen, wo sie runterfallen konnten, und jedes Mal wundersam wieder aufgestanden, und die Wohnung ist voller Beulen, Schründe und Narben, aber unsere Kinder sind durchaus vital und offensichtlich mit ihrem Leben ganz zufrieden, sodass wir eigentlich keine größeren Sorgen mehr zu haben haben. Außer vielleicht der, dass wir die verdammten Kindersicherungen wohl nie mehr aus den verdammten Steckdosen gepult kriegen.

Ja, und dann gingen wir Esel aufs Eis. Und vom Eis holten wir bekanntlich keine Kuh, sondern eine Katze, und diese Katze ist eine jener Katzen, die auch bei zehn Grad plus aufs Eis gehen, wenn es gar kein Eis gibt, und darum wissen wir jetzt, dass sie schwimmen kann.

Wie das kam? Vor einem Jahr erst haben unsere rundum bewundernswerten, herzensguten und offenbar ertaubten Nachbarn ihren Teich vom Gitter befreit, das, handverschweißt, potthässlich und nicht eben billig, jahrelang etwa zehn Zentimeter unter der Wasseroberfläche geduldig darauf wartete, dass unsere Kinder kommen, versinken und ertrinken wollen.

Nichts ist passiert. Alles Mögliche ist passiert, aber nicht das. Sie haben sich mit unserer Holzschaukel fast enthauptet, mit der Hängematte ansatzweise erdrosselt, am Stab für die Tränenden Herzen beinahe geschaschlikt: Rosa und Jan sind in alles reingefallen, außer in Nachbars Teich. Wäre ja auch langweilig gewesen. Da war ja ein Gitter. Und kaum ist das Gitter weg, geht unsere Katze angeln.

Haben Sie jemals eine voll hypnotisierte Katze gesehen? Die zum ersten Mal Goldfische sieht? Und glaubt, sie könnte einen fangen?

Haben Sie jemals Goldfische grinsen sehen?

Smilla Bartel, eine mausgraue »von« zum Preise eines neuen roten Sofabezuges gehobener Qualität (ohne Mehrwertsteuer), kam, sprang mit einem Panthersprung in den Teichspiegel, der in tausend Tropfen zersplitterte, und sie wirbelte das Wasser auf wie tausend Piranhas beim Frühstück. Als sie wieder an Land kam, sah unser Edelfräulein aus wie eine depravierte Kanalratte nach dem Vollwaschgang.

Wir haben sie abgerubbelt, wieder auf Edelkatze geföhnt und anschließend mächtig ins Gebet genommen: »Eins deiner sieben Leben kannst du schon mal abstreichen!« Und: »Katzen baden nicht!« So ungefähr. Sie war offensichtlich schwer beeindruckt, kletterte ein paar Minuten später aus dem offenen Dachfenster, soff in Schwindel erregender Höhe aus der Dachrinne und überlegte angestrengt, wie sie der blöden Amsel hinterherfliegen könnte.

Wir leben wieder in Angst.

Außerdem könnte sie sich verirren! Von einem Kater mit unlauteren Absichten angesprochen werden. Oder unters Auto kommen. Oder geklaut werden. Darum haben wir ihr, wenn sie – unter strengster Bewachung natürlich – in den Garten darf, ein schönes rosa Halsband zur Auflage gemacht. Darin steht: Bartel, Kolumbusstraße 123. Das ist sehr wichtig, damit der Katzenklauer weiß, wem er sie geklaut hat. Und Rosa besteht darauf. »Sie ist doch noch klein, Papa! Sie macht doch noch Dummheiten!«

Ja, Rosa. Und das unterscheidet uns eben von der Kreatur.

Schneckenschleim und Hühnerbein

Wir haben den müdesten Igel westlich des Urals. Oder es handelt sich bei Nicky Swieti Plischka-Bartel zufällig um einen wundersam verirrten Tropen-Igel, dem es, wie nebenbei auch mir, bei uns schlicht viel zu kalt ist zum Aufwachen. Der von Anke ist schon seit drei Wochen wach, der vom Kollegen Michelis auch, und die Igel, die sich wie richtige Igel-Igel den Winter über in der freien Natur eingeigelt hatten – ganz ohne Omas Feinwaage, Impfung, Entwurmung, Katzenfutter und salzlos gekochtes Hühnerbein (ja, das gibt's!) – sind schon beinahe wieder müde.

Wir haben ihn mehrfach wach gestupst. Nach mehrfachem Mfff ist er immer wieder eingeschlafen. Dann haben wir ihn in den warmen Heizungskeller verfrachtet, den er von der Mast der frühen Tage ja schon kennt. Im bullewarmen Heizungskeller soll er schwitzen, bis die Stacheln jucken und er wach bleibt. Nicky Swieti usw. ist dann auch mal kurz aus Maibaums kleinem Karton in Maibaums großen Umzugskarton herausgekrochen, hat schlapp geniest, einen Schluck aus dem Napf getrunken, beiläufig ein Hühnerbein entfleischt – und sich wieder hingelegt.

250 Gramm hat er schon sozusagen verschlafen, der Igel, und er sah schon ganz blass und grau aus (wie meinen besorgten Kindern auffiel), und die Stacheln wurden stumpf. Also beschlossen wir: Igel muss wie alle Kinder an die frische Luft und fix erwachsen werden und rote Bäckchen kriegen. Die Schnecken im Garten schneiden schon Fratzen, singen Spottlieder, geben an und essen alles auf, woran wir gern mal riechen möchten.

Igel muss arbeiten!

Jetzt sagt aber der Tierschutzbund, dass das auf keinen Fall in Frage kommt. Igel muss sich erst laaaangsam an die frische

Luft gewöhnen und ans Selberkochen auch. Also bauen wir gerade einen Outdoor-Igelkäfig, in dem er's kuschelig hat, der Penner, und jeden Abend sein Frühstück ans Bett bekommt. Natürlich mit Gitter oben drüber, damit Smilla nicht perforiert wird. Und damit sie nicht am Ende denkt, das Katzenfutter im Käfig sei Katzenfutter. Die Freiluft-Quarantäne kann gut zwei Wochen dauern. Und wenn er dann rosig, dick und rund ist, der Igel, wird er in den Riesenlaub- und Zweighaufen gesetzt, den ich in genial vorausahnender Schlampigkeit vergessen habe zum Mülheimer Grünabfallplatz zu bringen, und da wird er tun, was er am besten kann: schlafen. Tagsüber. Abends, so haben uns die Experten von der Essener Igelstation in die Hand versprochen, bindet er sich dann ein Lätzchen um, kommt an unsere Gartentürschwelle gewuselt, klopft und holt sich seine Hühnerbeine ab – aber nur ein paar! Ein bisschen Appetit soll er ja schon noch haben, damit er an den großen, dunklen Kühlschrank geht, der unser Garten ist, und Schnecken nascht. Leckerschleimige Grinseschnecken! Viele! Ganz, ganz viele!

Und irgendwann, an jenem wunderschönen und historischen Spätfrühlingsabend, wenn wir ihm abends gar nichts mehr auftragen werden bei Kerzenschein, dann soll er hungrig von dannen trippeln, mfff sagen und aus Kummer Schnecken fressen, bis er japst. Und uns ein langes Igelleben lang treu sein!

Und wehe, wehe, wenn nicht! Dann werde ich nämlich stachelig und er ist rasiert.

Such, Smilla, such den Igel!

Zurückmarschmarsch, stimmt alles nicht, April, April. Vergessen Sie alles, was ich jemals über eine mutmaßliche Igeldame namens Nicky Swieti Plischka-Bartel erzählt habe, über Maibaums trefflich stabile Umzugskartons, Heizungskeller-Quarantäne und anschließend fein gestufte Auswilderung mit Frischlufthappen und Lizenz zum Schneckentöten in unserem schleimigen Frühlingsgarten: Der Igel ist weg!

Futsch.

Richtig ist, dass wir das pieksende Heizungskellerkind allmorgendlich wach gestupst haben, es ordnungsgemäß »mfff« machte und wieder einschlief. Dann hatten wir aber irgendwann keine Lust mehr, jedes Mal das Maschendrahtgitter über Maibaums fabelhaften Umzugskartons aufzudröseln, neue Hühnerbeine und handwarmes Frischwasser zu servieren, das Kartonhäuschen im Karton zu lupfen und den Igel unter einer Halde von Tageszeitungsknäueln hervorzukramen und alles wieder zuzuknoten, bloß, damit alles nichts nutzt und er sich wieder aufs Ohr haut.

Richtig ist, dass wir zwei Tage lang nur noch Katzenfutter und Wasser in den Pappkartonvorhof geschoben und ansonsten gähnend auf den Schlafkarton geklopft haben. Als wir am dritten Tag dann doch lieber alles wieder auffisselten, um ihn (aber jetzt: final) wach zu rütteln, stellte sich heraus: Der Igel hatte gar nicht geschlafen. Er war überhaupt nicht da. Aber wo?

Klar, im Keller.

Leider aber bedeutet bei uns »im Keller« in Anbetracht unseres Kellers ziemlich dasselbe wie »spurlos verschwunden«. Da stehen nämlich nicht nur mächtige Heizungsapparaturen umher, sondern auch mittelharte Riesenslalomski, geheimnisvolle Koffer, Nudelvorräte für ein halbes Jahrhundert, Gefriertruhe, Winterschuhe, Trockner, Waschmaschine, E-Gitarre und ein 85-Watt-Verstärker, ein halbes Schlagzeug, Spielzeugwracks und Puppenruinen, eine originalversiegelte Werkzeugkiste, Reservebodenfliesenschachteln, Blumenpötte und lauter Zeugs, das wir seit jünf Jahren »morgen« zum Sperrmüll geben werden.

Da steht allerdings auch, tonnenschwer, die pickepackevoll gestopfte Küchenzeile aus der Vorwohnung und überhaupt alles, hinter dem man sich ein Leben lang verstecken kann, wenn man dort nichts zu suchen hat, zufällig Igel ist und von Menschen gesucht wird. Wissen Sie, wovon ich rede?

Ich rede vom Chaos.

Ich rede von drei Stunden Taschenlampeninventur im bückniedrigen Keller, ich rede von zehn gehobenen, verschobenen Tonnen Kellerinventar kurz vorm Urlaub, von Knie- und Kreuzschmerzen und Niesen bis zum Rippenbruch und vielen neuen, kurzen und langen und ausschließlich bösenbösen Namen für Nicky Swieti Plischka-Bartel. Und, natürlich, von der großen Sorge, die einer im Busen trägt für ein Igelkind, das er einst dem grimmen Tod entriss, das er hegte und pflegte und gerne einmal Schnecken essen sehen möchte.

Zwei halbtrockene Igelköttel haben wir gefunden, die einzigen eindeutigen Lebenszeichen. Dass ein bisschen Katzenfutter verschwunden war, ist kein hinreichender Beweis dafür, das unser Richard-Kimble-Igel noch unter uns weilt, denn wir haben Smilla feierlich zur Spürkatze erklärt und in offizieller Mission in der Keller entsandt: »Such, Smilla, such den Igel!«

Smilla war zwar spontan begeistert, schien aber überhaupt keine Lust zum Igel-Apportieren zu haben. Sie hat lieber ihre Spielmaussammlung eingekellert, für schlechte Zeiten und um das Chaos zu vergrößern, und dabei mutmaßlich vom Katzenfutter für den Igel genascht, weil sie dachte, das sei Katzenfutter für die Katz, das Dummchen.

Wir wissen es aber nicht genau. Genau genommen wissen wir eigentlich überhaupt nichts, außer dass wir ungern im Bewusstsein leben, eine Leiche im Keller zu haben. Die ja auch nicht frischer wird (bäh!).

Nun liegen also in den drei Kellerräumen auch noch Spielzeugmäuse rum, dicht neben den vielen kleinen Näpfen mit Katzenpamps, Hühnerbeinen und Wasser. Verstecken spielen macht Igel sicher hungrig.

Ist er überhaupt noch da? Ist er über die Kellertreppe abgehauen? Wie? Wir haben Sherlock-Holmes-mäßig übern Kellerboden bis zur Treppe Mehl gestreut, um ihn beim Tappen zu ertappen. Aber offenbar kann er fliegen. Nun brüten wir über einer Igelfalle. Wir stehen kurz vor einer neuen herkulischen Ausräumaktion. Wir überlegen uns, zugegeben, sogar geeignete Strafen für diesen Stacheltrottel: Vielleicht garnieren wir ihn bei der nächsten Party mit Goudawürfeln und Weintrauben, da kann er sich als mobiler Multi-Käsespieß rehabilitieren, ansatzweise. Denn was wir hier für Nicky Swieti usw. veranstalten, kann so ein Igel im Leben nicht wieder gutmachen.

Hoffentlich lebt er noch.

Da sind wir wieder und er auch!

Ba, watt schön! Zwei Wochen apulische Frühlingssonne, Oliven-, Zitronen-, Mandarinenblüte, Hängematte, Seelebaumeln, alles lecker, warm. Und das Allertollste an diesem Kurzurlaub war, dass wir überhaupt weggefahren und nicht zu Haus geblieben sind:

Erstens war da unser vornehmes Pussi-Kätzchen, für das nach Rosas Verdikt das – ähem – Poussieren mit struppigen salentinischen Feld-, Wald- und Wiesenpapagalli auf keinen Fall in Frage kam. Rosa ist in diesen Dingen überaus konservativ.

Und da war zweitens der Igel, der drittens immer noch nicht da war, aber wo?

Mein vortrefflicher Bruder (bei dem ich mich an dieser Stelle einmal aufs heftigste bedanken will) übernahm die Patenschaft für Haus und Katz und damit gegenüber seiner Nichte die Verpflichtung, sich auf der Stelle selbst zu entleiben, sollte Smilla während unserer Abwesenheit auch nur ein einziges Schnurrbarthaar gekrümmt werden. Von unserem Phantom-Igel hatten wir ihm nichts gesagt. Das hatten wir lieber glatt vergessen und reisten etwas bange ab.

Klar, dass Rosa unterm blauen Mezzogiorno-Himmel seufzte, klar, dass die Katzen-Hotline zur Kolumbusstraße stand. Klar, dass wir uns für die Handy-Gebühren locker eine nagelneue Katze hätten kaufen können, aber was tut man nicht alles: Ist das Kind gesund, freut sich die Katz, Sie wissen schon.

Es muss um den vierten Tag herum gewesen sein, da rief der Bruder morgens von der Heimaterde aus an, und in seiner Stimme schwang ausnahmsweise Unsicherheit mit: »Kann es sein«, fragte er mit selbstzweiflerischem Tremolo, »kann es sein, dass heute Nacht ein – *Igel* durch mein Zimmer gelaufen ist?« Getrunken habe er keinen Tropfen, und für einen Traum sei er eigentlich allzu wach gewesen, denn Smilla habe ihm kurz zuvor in den dicken Zeh gebissen.

Ach, war das schön! Einem Blutsverwandten, der einem quasi die Frage stellt, ob er vielleicht nicht mehr alle auf der Latte habe, spontan antworten zu können: »Ja!« – da kommt Freude auf. Und darauf, dass unser Nicky Swieti Plischka-Bartel nicht im Igelhimmel moderte, sondern noch immer live und in Farbe sogar durch den ersten Stock gespensterte, haben wir mit Juchhuu und einem schönen kühlen Rosato-Wein für einsneunzig den Liter angestoßen.

Wie dieses mickerige Igelviech uns Spurenfahnder ausgetrickst hat? Keine Ahnung. Offenbar hat es eine Tarnkappe. Und ist – wie, weiß man nicht – nachts die Kellertreppe hochgeklettert, hat Smillas Igelfutter verputzt und dann, einmal unterwegs, im ersten Stock nachgeguckt, ob's da vielleicht Nachtisch gäbe. So ist es erstens erklärlich, dass der Igel mit dezentem Gewichtsverlust überlebte, und zweitens, warum meine Lieblings-Kaffeetasse zu Bruch ging: Smilla ist nämlich, vor Schreck oder Hunger, ins Küchenregal gesprungen, um ans Trockenfutter zu kommen.

Igal.

Einen Tag nach unserer glücklichen Heimkehr haben wir den Igel gefunden: im E-Gitarrenverstärker, wo er sich aus lauter leeren Gitarrensaitenhüllen ein nettes Nest genestelt hatte. Und (ja, Rosa, ich erzähl's gern zum zehnten Mal) es war Smilla, die ihn endlich aufspürte: Wie an einem Gummiband hatte es sie immer wieder in den Chaos-Keller gezogen, und wie ein hypnotisierter Geier hatte sie auf dem Verstärker gehockt: da!

Wir haben Nicky Swieti usw. sofort rausgeworfen, das heißt, gleich nachdem wir ein allen Auflagen des Igelschutzbundes rückhaltlos entsprechendes Igel-Gehege in den Garten gepflanzt hatten: mit katzensicherem Fresshäuschen aus der alten Dallmayr-Kiste, mit regensicherem Schlafhäuschen, mit Hühnerbeinen und prima Polstern aus trockenem Laub und Papierstreifen, mit Himmel oben und Heimaterde unten und dem hoffentlich unwiderstehlichen Duft von drei bis vier Millionen fetten Kolumbusstraßen-Schnecken.

Und weil er nicht gestorben ist, lebt er auch noch heute.

Der Wendekreis des Igels

Bin ja selber schuld: Über die Millionen von Mitbürgern, die einen Riesen-Igel in der Tasche haben, redet kein Mensch, aber über unseren mickrigen im Gartengetto die ganze Kollegen-, Nachbar- und Verwandtschaft. Früher wurde man ja schon mal gefragt: »Na, was machen eure Blagen?«, »Wie geht es eurer Katze?« oder zumindest ein mehr allgemein angelegtes »Und sonst?«

Das ist vorbei. »Wie geht's dem Igel? Pennt er noch oder isser wieder weg?« Und hinten an den Fragen klebt immer noch ein klitzekleines Hähähä, das geht nicht ab.

Meinen Kindern ist das ganz recht, aber bei Smilla haben wir bereits erste Anflüge von Eifersucht ausgemacht. Entweder hat sie ihm nicht völlig verziehen, dass er ihr eine Woche lang nachts das halbe Futter weggefressen und sie dem Verdacht ausgesetzt hat, sie sei eine Naschkatze. Oder sie kriegt die Igel-Mania in ihrem Katzenhirn doch irgendwie mit. Oder, auch nicht unwahrscheinlich, sie hat versucht, mit ihm zu schmusen.

Sie hat übrigens die Igel-Baracke – gleich an der Mauer hinterm Komposter – ausgiebig inspiziert. Eine traumschöne Baracke! So ungefähr muss Robinson Crusoes erster Versuch ausgesehen haben. Und das Allerschönste an ihr ist, dass unser Garten seit dem Richtfest fast so aussieht wie alle anderen Gärten in der Umgebung: nämlich picobello aufgeräumt, weil wir nämlich – unter lautstarkem Protest unserer Kinder, die es überhaupt nicht schätzen, wenn jemand ihre Unordnung durcheinander bringt – all die erratischen Bretter, Latten, Stümpfe, Äste in unsere Igelhaus-Komposition einbezogen haben, die bis dahin unseren Garten aussehen ließen, als wäre da vor 200 Jahren ein Dreimaster havariert.

Schön.

Gebaut ist alles streng nach den Vorschriften der Essener Igelstation, vor allem die absolut katzensichere Breite des Dallmayr-Kisten-Eingangs, der Wendekreis des Igels im inneren Fressbereich und die Höhe des Dallmayr-Kisten-Ausgangs. Irre!

Smilla ist mit Schwiegermutterblick in die absolut katzensichere Fresskiste reinspaziert, hat dem Igel – ätsch – kurz in seinen Hühnerflügel gebissen und ist wieder rausspaziert. Mit Schwiegermutterblick. Der Igel schnarchte derweil nebenan in seinem Schlafkarton, der voll gestopft ist mit ihm selber und NRZ-Schnipseln: Nichts ist so warm wie die Zeitung von gestern.

Igel nimmt übrigens täglich zu und verdrückt mittlerweile die doppelte Portion Hühnerflügel und Katzenpamps. Ab und an nagt er an einem Äpfelchen. Und gestern lagen sogar zwei Schneckenleichen in seinem Gehege, angebissen, aber sonst leider ziemlich unaufgegessen. Nachts hört man ihn rascheln und schmatzen, tagsüber tut er, was er am besten kann. Sein Unterhaltungswert steht also, seitdem er nicht mehr im Haus rumspukt, im krassen Gegensatz zu seinen Unterhaltungskosten, und wir könnten uns mit Fug drüber aufregen. Aber solange er bei uns Asyl genießt, haben wir endlich im Garten etwas Pädagogisches gegen unsere spielerisch die Heimaterde Richtung Infarkt brüllenden Kinder in der Hand: »Pssst! Seid leise! Der Igel schläft!«

Darum prallt auch das »Schmeißt ihn endlich raus!« an uns ab, zu dem uns die Auch-Igel-Eltern ringsum ermuntern, deren Findelkinder längst in Gottes freier Natur Schnecken fressen und sich totfahren lassen. »Ihr verwöhnt das Tier!«

Erstens wird bei uns zu Hause alles verwöhnt, was nicht rechtzeitig fliehen kann. Zweitens lassen wir uns nicht noch mal unter Druck setzen. Wir halten uns strikt an die Auflagen der Igelogen: 14 Tage Quarantäne. Wir ziehen das jetzt durch.

Und morgen fliegt er raus.

Wenn die Igel in der Abendstunde

Ich hab's ja geahnt: Was ich ankündige, trifft mit derselben Sicherheit ein wie samstags meine Lottozahlenreihe. Rauswerfen wollte ich Nicky Swieti Plischka-Bartel, den teuersten, flüchtigsten Igel des Abendlandes, entlassen in die aufregende Welt des Regens, des Windes, der Blumen, der Düfte und der Leckerschnecken. Und der Selbstversorgung. Denn angesichts seines enormen Appetits ist man in holländischen Treibhäusern schon dazu übergegangen, frei laufende Flügel ohne Hühner zu züchten.

Und dann war Smilla weg.

Unser sofateures Edelfräulein!

Unser auch tagsüber graues Einundalles!

Das schnurrende Sinnbild meiner Kapitulation!

Rosas Weihnachtsgeschenk!

Das mich jeden Morgen um sechs Uhr – purr! – mit der feuchten rosa Nase stupst und trotzdem nicht erschlagen wird!

Sonst kam sie immer freiwillig zurück nach ein bisschen Galopp durch Beet und Busch und einigem euphorischen Baumrauf-Baumrunter. Oder nach dem Angeln im Nachbarteich (zum Föhnen). Und wenn sie nicht kam, kam sie spätestens doch nach drei Takten Trockenfutterrasseln. Jetzt kam sie aber nicht, und wir kamen uns schon blöd vor mit unseren ganzen »Smilla! Smilla!«-Rufen, die zwar die Katze, nicht aber die Nachbarn hören sollten, die uns vermutlich eh für ein bisschen …

Und es war schon dunkel, viel zu spät für unsere Katze, die noch viel zu jung ist, um nachts alleine herumzustreunen. Kleine Katzen und kleine Katzenmütter (und auch kleine Katzenonkels) haben spätestens bei Anbruch der Dämmerung zu Hause zu sein, basta.

Also ging ich suchen. Mit Taschenlampe. Und ich fand sie

auch nach ein paar Metern, sphinxisch hingegossen, mitten in den Azaleen, und sie hypnotisierte gerade Nicky Swieti Plischka-Bartel!

War der irre Igel also wieder abgehauen! Ausgebüxt aus unserer Hochsicherheitsbaracke an der Gartenmauer. Und zeigte der Kuschelkatze rückwärts, wofür Igel berühmt sind.

Als meine notorisch heldenhafte und an den Händen bei weitem nicht so schmerzempfindliche Frau den berühmtesten Ausbrecherkönig der wechselhaften Heimaterde-Geschichte wieder in den katzensicheren Interims-Karzer stecken wollte (um ihn anderntags igelstationsfristgerecht freizulassen) – war er schon da!

Mümmelte an einem Hühnerflügel und sah, seitdem er Mama und Geschwister aus den Knopfaugen verlor, nach Monaten der Iso-Haft zu Aufpäppelungszwecken, nach Versteckspiel und Herumgespuke wieder einen anderen Igel.

Dabei fiel uns auf, dass der erste Igel ein gutes Stück größer war als Nicky Swieti usw. Offenbar ein Igel-Bulle! Der vielleicht (und meine Frau seufzte im Halbmondschein romantisch) vom sanften Stachel-Rascheln unseres (vermutlichen) Igelmädchens unwiderstehlich angezogen worden war! (Oder duften Igel? Verduften können sie ja großartig!) Womöglich war der Typ am Ende verliebt in unsere N. S. P.-B., die einzige garantiert floh-, zecken- und wurmfreie Igel-Maid von Nordrhein-Westfalen! Und wollte mit ihr – *schweinigeln?!*

Nix da! Wir sind ein anständiges Tierasyl, und Nicky etc. pp. ist viel zu jung zumzum. Der Macho-Igel wurde folglich wieder ausgebürgert, kriegte die kalte Schulter gezeigt, einen lauwarmen Hühnerflügel serviert und begann (Männer!) zufrieden zu knurpsen und zu schmatzen. Wahrscheinlich hat es ihn nur zu den Fleischtöpfen der Igel-Bourgeoisie gezogen, und von wahrer Tier-Liebe war da keine Spur!

Ja, und dann?

Smilla musste sich drinnen eine Strafpredigt anhören und schlief vor schlechtem Gewissen ein.

Nicky Swieti ff. durfte noch einen Tag lang lernen, was platonische Liebe heißt, und blieb die ganze Nacht vor Kummer wach.

Meine Frau hat ein schlechtes Gewissen, weil sie vielleicht ein junges Glück zerstört hat.

Und ich? Pfiff drauf – und zwar das schöne Couplet von Kurt Tucholsky, das da beginnt wie folgt:

»Wenn die Igel in der Abendstunde/still nach ihren Mäusen gehn/hing auch ich verzückt an deinem Munde/und es war um mich geschehn …«

Der Fortschritt isst eine Schnecke

Keine Indiskretionen! Ich erzähle Ihnen praktisch alles, das ist wahr, aber verraten? Tu ich nichts. Zum Beispiel über Geheimschubladen. Geheimschubladen sind nicht etwa Schubladen, die geheim sind, sondern Schubladen, auf denen zu lesen ist: »Geheim!« Mit Ausrufezeichen. Da ist also ausdrücklich geheim drin, weil ausdrücklich »Geheim!« draufsteht. Geheimschubladen, um das mal zu erwähnen, sind nicht dazu da, dass jemand anderes nicht erst lange suchen muss, um etwas Interessantes zu finden, das ihn nichts angeht. Zum Beispiel Pokémonkarten.

Ja, das wissen Sie. Und ich weiß es auch, aber –

Gut.

Ja, dem Igel geht es gut. Er ist zwar praktisch unsichtbar, seitdem wir das Gatter unseres Igel-Internierungslagers im Garten geöffnet haben, aber er stoffwechselt nächtens nach allen Regeln der Kunst: mitten rein. Das Katzenfutter ist morgens weg, und Igelköttel sind morgens da. Tagsüber tut er das, was er am besten kann: Da pennt er wie gewöhnlich, nur anderswo, und nachts igelt er offenbar rum.

Wir haben ihn, als wir ihn das letzte Mal sahen, gewogen, und was soll ich sagen: Er ist der Einzige in unserer Familie, der sich freut, dass er zunimmt. Dabei haben wir das Katzenigelfutter mittlerweile streng portioniert, natürlich nicht aus Geiz, sondern um ihm den Appetit auf leckere Schnecken nicht zu verderben, und davon gibt es in unserm Garten noch etwa 250 000.

Bei Maibaums ist das natürlich anders. Die Maibaums vom Finkenkamp haben zwar, das räume ich gerne ein, ehedem zwei schöne Umzugskartons für Nicky Swieti Plischka-Bartel geopfert (danke, danke, ewig Dank!), aber in ihrem ganzen Leben noch nicht einen einzigen Hühnerflügel gekauft. An der Fleisch- und Wursttheke von Edeka sind die praktisch unbekannt und können einkaufen, ohne veräppelt zu werden. Laien also.

Und was erzählen die? Die erzählen, dass sie sich vorgestern Abend kaum haben auf ihrer Terrasse unterhalten können, weil da nämlich ein Igel so schmatzte. So schrecklich laut schmatzte. Und zuzzelte. Und knurpste. Und zwar Schnecken. Mindestens 30 an einem Maienabend, behaupteten die Maibaums, locker.

»Das ist bestimmt unserer!«, haben wir gesagt, »gebt ihn raus! Aber soffffort!«, sagten wir.

Aber sie bestanden darauf, dass es sich um ihren persönlichen Privatigel handele, einen dicken, fetten, vielleicht den Igelbullen, der versucht hat, unsere kleine Nicky Swieti etc. pp. zu verführen, jedenfalls trage das Ferkel einwandfrei das Brandzeichen »Finkenkamp, Maibaum« am rechten Hinterbein: ihr Igel.

Das war natürlich nur ein Scherz bzw. glatt gelogen. Unsere Nicky Swieti usw. dagegen hat in echt einen roten Nagellackstachel, neuerdings, damit wir sie wieder erkennen, falls sie mal Albträume haben und tagsüber auftauchen sollte, um danke zu sagen. Das Igel-Färben ist zwar von der Igelstation nicht direkt vorgesehen, aber es stand in den 50 Seiten Igelbedienungsanleitung auch nichts Gegenteiliges drin.

Wir hoffen jedenfalls auf unseren Igel, und wir füttern ihn weiter. Er hat zwar noch keine Schnecken gefressen, aber schließlich haben ja auch fast zehn Prozent der wahlunmüden Nordrhein-Westfalen »Tempo«-Möllemann gewählt, bloß weil der nachweislich jahrelang keine Politik gemacht hat. Und unser Igel ist immerhin tagelang über Mehlfelder im Keller geflogen, hat sich durch geschlossene Türen gebeamt und ist nicht bloß irgendwo unfallfrei mit 'm Fallschirm auf Plakaten gelandet.

Aber so ein paar kleine Resultate tät man schon gern sehen mögen: ein nicht schon jungfräulich abgefressenes Basilikumpflänzchen zum Beispiel. Ein Hoffnungsgrünen am Stumpf des Vergissmeinnicht. Ein paar Blätter am Liebstöckel. Einen Hauch von dreimal ausgesätem Mohn.

Wie sagte der neueste deutsche Literaturnobelpreisträger einstmalen – »Der Fortschritt ist eine Schnecke«?

Quatsch. Der Fortschritt ist ein Igel.

Und wenigstens eine Schnecke.

Weniger.

Die gestieselten Kater

Katze geküsst, Frau gekrault, ich bin ganz durcheinander. Jetzt muss ich Ihnen nämlich, nachdem Sie ja bereits von mystischen Igeln und mythischen Katzen träumen dürften, zwei neue Protagonisten und eine sehr tragische Liebesgeschichte beibringen, schonend.

Der eine heißt Flo, ist aber kein Floh und hat auch keinen Floh, weil er ein Floh-Halsband hat, auf dem »Flo« steht, aber er hat ein Ohr, an dem was fehlt, ein Schlitzohr also wie aus dem Katalog. Flo ist unser Nachbar und die schwärzeste Katze, die die Welt je im Dunkeln nicht gesehen hat. Flo war einmal das reizendste nachtschwarze Kätzchen der Welt, wuchs später zum affengeilsten Katzenbeglücker der Welt heran, verlor dann beim Tierarzt seinen schlechten Weltruf und frisst jetzt, wenn wir nicht aufpassen, immer Smilla das Futter weg.

So, das ist Flo.

Der andere heißt Sammy. Sammy ist irgendwie mit Flo verwandt, ich glaube, so was wie ein Schwiegerbruder, und hauptberuflich der Orca der Kolumbusstraße: ein schwarz-weiß geflecktes, europäisch-kurzhaariges Mordstrumm von Kater a. D., Kreuz wie ’n Bergmann, Gemüt wie ’ne Brummfliege, dabei leicht schreckhaft und, wie gesagt, ebenfalls ein Ex, riesengroß, bildschön, aber ein bekrallter Killer, dessentwegen sämtliche Anwälte aller Mülheimer Mäuse in drei Kilometern Umkreis seit vier Jahren hektisch in den Genfer Konventionen blättern. Vergeblich.

Die beiden sind Smillas Spielkameraden. Zumindest glaubt Smilla das.

Anfangs hatten wir ja, zugegeben, eher die Befürchtung, einer von beiden Giganten könnte unser Bisschen Katze essen. Und wir waren praktisch immer bei Fuß, wenn Smilla Baumrauf-Baumrunter spielte. Wir haben brav die Bodyguards gemacht, auch wenn unsere unübertrefflich reizenden Nachbarn, erfahrene Katzenhalter, versichert hatten, dass unter Edelkatzen das Edelkatzenessen als verpönt gelte. »Schlimmstenfalls ignorieren die sich«, versprachen die Nachbarn, und sie hatten natürlich Recht.

Aber mehr auch nicht.

Da haben wir zweifelsfrei die niedlichste, anmutigste, attraktivste Katzendame der Welt mit Stammbaumrauf und -runter, und bei den – Verzeihung, liebe Nachbarn! – stieseligen Katern von nebenan hebt sich nicht einmal müde ein Schnurrbarthaar, wenn unsere Smilla um sie rumscharwenzelt. Und wie sie schwänzelt und scharwenzelt! Eine schnurrende Schickse, wie sie im Katzenbuche steht. Unser Fräulein von-und-zu biedert sich so unverhohlen an, dass wir vor Scham im Erdboden versinken möchten, in den sie sich drückt, wenn Flo nur einmal mit dem Katzenauge funkelt. Sie biedert sich an wie ein Fünfjähriger, der, ach sooo gerne mit den Siebenjährigen Fußball da vorn spielen möchte. Nur fünf Minuten! Vier! Und drei Stunden lang mit seinem doofen Plastikball verloren am Spielfeldrand steht. Linkisch hinkelt. Und ab und zu hüstelt.

Wir wissen ja: Flo und Sammy sind Eswareinmalkater und zu Unzuchtzwecken nicht mehr zu gebrauchen. Aber für was Platonisches müsste es doch reichen.

Tut's aber nicht. Sammy guckt auf Smilla herab wie die Eigernordwand auf ein Gänseblümchen tief im Tale.

Flo gönnt ihr wenigstens ab und zu ein halbminütiges Ichjagdich-Dujagstmich-Intermezzo, aber spätestens wenn Smilla vor Glück rote Bäckchen kriegt, streunt er lieber in unsere Küche, während Smilla betört, verstört, um ihn und ihr ehemaliges Mittagessen herumstreicht und verlegen mit den Krallen in der Nase bohrt: »Schau mir in die Augen, Großer! Bittebittebitte!«

Wissen Sie: Ich persönlich kann damit leben. Ich finde die

ganze Situation zwar schrecklich peinlich, aber – ich kann damit leben. Meiner sensiblen Frau dagegen zerreißt es schier das Herz. Und darum winkt sie mittlerweile viel zu milde ab, wenn unsere Kinder, tränenfeucht und abgezockt, die Lösung für diesen Dauerskandal einfordern: »Smilla ist traurig, Smilla ist einsam. Smilla braucht einen Spielkameraden!«

Katze geküsst, Frau gekrault. Jetzt wissen Sie, warum.

Neues von der Arche Kolumbus

Unser Igel ist ein flüchtiges Nesthäkchen, festgehakt am Nest aus Latten, Brettern, hölzernen Resten der Gartenterrasse, Baumschnitt, Paneelefragmenten, Zeitungsschnipseln und – sagte ich es schon? – Maibaums 1a-Umzugskartons, in denen sich offensichtlich ein Igel-Magnet befindet. Wir füttern den Stachler immer noch tapfer durch, demnächst übrigens hoffentlich mit Katzenfutter aus der Katzenfutterreihe eines Katzenfutterherstellers, zu der wir uns als Katzenfuttertester gemeldet haben. Und wir haben schon jetzt eine Menge Spaß bei der Vorstellung, dass wir alle die köstlichen, kostenlosen Kostpröbchen-Kästchen mit Igelgeschmack ausfüllen werden.

Ha!

Allerdings haben wir unsere Igelin seit drei Wochen nicht gesehen. N. S. P.-B. räumt zwar allnächtlich brav ihren Katzennapf leer und lässt, vielleicht aus Dankbarkeit, eine Igelwurst da. Aber keinen Brief, keinen Anruf, kein Fax, keine I-Mail, nichts, nur das: blanken Napf und Igelwurst. So sind sie halt, die Igel! Kein Wunder, dass Schnecken keine Igel mögen. Aber sie ihrerseits mag ja auch keine Schnecken, leider. Sollen wir ihr das ernstlich übel nehmen? Wir mögen Schnecken schließlich auch nicht.

So, das zum Igel.

Nicky Swieti Plischka-Bartel mit dem knallroten Nagellackstachel ist aber nur der kleinste Teil unserer tierischen Probleme. Das heißt: der allerkleinste nun gerade nicht. Seit der Sintflut, von der wir jetzt aus der Zeitung wissen, dass nordrhein-westfälische Sintfluten Ende Mai eher als »ungewöhnlich« zu gelten haben, bevor wir staunend erfuhren, dass nordrhein-westfälische Hagelstürme Anfang Juni, die uns mit eiergroßen Eiskörnern die Äpfelchen vom Apfelbaum ballern, ebenfalls sehr, sehr »ungewöhnlich« sind, hat sich ein Zwergameisenstaat in unseren trockenen Schweinestall geflüchtet, von dem Sie ja mittlerweile wissen, dass dort lange schon kein Schwein mehr lebt, nur ich.

Es handelt sich dabei um lauter klitzekleine Ameisen, die einander zum Verwechseln ähnlich sehen, sodass einen jedes Mal, wenn man eine platt haut, ein Déjà-vu anfliegt: »Hab ich dich nicht schon gestern geplättet?«

82 Prozent aller Lebewesen auf Erden sind Insekten, wussten Sie das?

Ehrlich?

Und dass der größte Teil davon Ameisen sind, die schon, gattungsmäßig, so irre lange leben, dass sie den letzten Dinosaurier blank genagt haben?

Auch?

Ahja.

Aber dass sich davon immer, wenn es zufällig regnet oder Eisberge hagelt, ungefähr 50 Prozent in meinem Schweinestall unterstellen, wussten Sie eben nicht. Es ist nämlich ein kleines Wunder, dass in unserer Arche Kolumbus 123 überhaupt noch Menschen Platz finden. Und diese Menschen stolpern seit drei Tagen immerzu über eine kleine graue Katze, die der einzige Mensch auf der großen weiten Welt ist, der unglücklich ist, dass er keinen Kater hat.

Jawohl: Smilla ist »rollig«. Nein, nicht drollig: rollig. Das ist ein großer Unterschied.

Das ist der entscheidende Unterschied zwischen einem schmusigen Kuschelkätzelchen und einer durchgeknallten Irren auf vier Beinen. Das ist der Unterschied zwischen Schlafen oder Nichtschlafen. Das ist der Unterschied zwischen Terrassentürauflassen und kompletter Verriegel- und Verrammelung.

Smilla spinnt. Sie macht Tag und Nacht Kusselköppe und eine Art Liegestütz und gurrt und girrt und plärrt und raunzt und maunzt in einer Tour, und wäre man ein Stein, man wäre längst erweicht.

Man ist aber kein Stein, sondern hat ein Katzenbuch gelesen, in dem auf Seite 51 ff. steht, dass das völlig normal ist und, mit ein paar immer kürzer werdenden Unterbrechungen, wochenlang so weitergehen kann, solange die Tage zunehmen und nicht ab.

Das geht also weiter und kann so nicht weitergehen, ist alles wahr und darf doch nicht wahr sein.

Ich halte Sie auf dem Läufigen.

Aber sie möchte doch so gerne!

Smilla ist jetzt achteinhalb Monate alt, was, wie uns das Katzenbuch belehrt, zwölf, vielleicht 13 Menschenjahren entspricht (was wiederum 84 Hundejahren entspricht), was uns zwar irgendwie zu denken gibt, aber im Moment auch nicht wesentlich weiterhilft. Wir hatten da also für einige Tage und Nächte eine lautstark vor sich hin pubertierende Katze, die uns einen kleinen Vorgeschmack auf das gab, was uns mit Jan (fast acht) und Rosa (fast zehn) in ein paar Jahren erwartet.

So viel wissen wir schon: Es wird fürchterlich werden.

Nun befürchten wir nicht gerade (bzw. gerade nicht), dass wir in zwei, drei Jahren Türen und Fenster verrammeln müssen, damit Tochter nicht streunt. Und wir werden wohl auch nicht in meiner Volleyballtasche kramen müssen, um zu gucken, ob sich da nicht vielleicht ein blondes Mädchen versteckt hat wie der Graf von Monte Christo im Leichensack. Smilla hat das aber gemacht, und ich hab's erst im Auto gemerkt, kurz vorm Rhein-Ruhr-Zentrum, als plötzlich mein Turnschuh miaute.

Klar ist: Wir mussten unsere Kinder aufklären – nicht über sie und uns und überhaupt (das hatten wir schon), sondern über Katzen:

»Was hat sie denn, Papa?«

Ja, was hat sie nur.

»Hat sie Schmerzen?«

Schmerzen? Nein. Äh.

»Was hat …?«

Sie ist verliebt.

»Toll! Aber warum weint sie dann?«

Weil sie verliebt ist und nicht weiß, in wen.

»In wen denn?«

Weiß ich auch nicht.

»Also?«

Nichts also. Smilla ist jetzt acht Monate, und mit acht Monaten ist sie zwölf. Und …

»Wie viel ist das in Hundejahren?«

»Da müsste sie jetzt, äh, acht mal sieben Hunde, nee, Quatsch, also sieben mal zwölf Katzen, das heißt: zwölf mal zwölf Menschen durch acht Katzen, also: Sieben mal acht ist wie viel, Jan?«

»Sexenfuffzich.«

Durch zwölf ist, Rosa?

»Fünf, äh, sechs, äh, geht nicht.«

Richtig! Es geht nicht!

»Aber sie möchte doch!«

Aber sie ist halt selbst noch ein Kind, und Kinder kriegen nicht immer, was sie wollen, und das gilt vor allem fürs Kinderkriegen.

»Ich möchte aber so gerne Katzenkinder kriegen!« (weint).

Puuh.

Kriegt sie ja. Später. Ich bin schließlich ein Mann, der weiß, wann er verloren hat. Und meine Kinder wissen das auch.

Mein Sohn hat mittlerweile die halbe Heimaterde umgegraben, um für einen Vater zu sorgen. Für Smillas Kinder. Wenn Smilla wieder mal »so komisch« wird: »Haben Sie einen schönen Kater, der noch nicht katztriert ist? Nee? Schade. Wiedersehn!«

Einmal hat er einen entfernten Nachbarn mit voll funktionstüchtigem Kater gefunden, aber der war ihm nicht schön genug: appes Ohr, zues Auge. Rosa findet übrigens auch, dass nur ein bildschöner von-und-zu-Kartäuserkater für unsere Edeldame standesgemäß wäre.

Nichts dagegen.

Aber entschieden was dagegen, meine Katze irgendwo im Westfälischen auf den (Verzeihung!) Strich zu schicken und dafür auch noch 450 Mäuse (Minimum!) zu bezahlen. Nicht wegen der Moral oder weil ich heimlich überzeugt wäre, sämtliche Britisch-Kurzhaar- und schwerreichen Kartäuser-Könige müssten sich die Krallen nach unserer Prinzessin lecken. Das ist jetzt bei mir reinrassiger Geiz. Ich bin doch nicht bekloppt: 450 Mark!

»Das Leben ist schön, aber teuer«, pflegt mein persönlicher Vater immer zu sagen, »man kann es auch billiger haben. Aber dann ist es nicht mehr so schön.« Ein Satz, der so wahr ist, gilt auch für Katzen.

Umsonst geht's auch. Allerdings muss man dann dem Züchter die Katzenkinder ausliefern, der sozusagen seinen Bedarf deckt. Stellen Sie sich das mal vor! Mein Sohn, dem das schönste Smilla-Baby in die Hand versprochen ist, würde mich auf der Stelle enterben. Und Isa, der Rosa ein Smilla-Baby versprochen hat, damit ihr melancholisches Karnickel nicht mehr so einsam ist, auch. Und Hannah und Fritz und …

Mäusemeisterschaften

Kennen Sie das: Sie liegen nichtsnutzig auf dem Rücken und gucken blöde in den blauen Himmel.

Sie haben die letzte halbe Stunde damit verbracht, sich darüber zu wundern, dass Sie nichts tun, als blöde in den blauen Himmel zu gucken und sich zu wundern, dass der Himmel blau ist;

und wenn Sie seit fünf Minuten *nicht* von irgendeiner Mücke angezapft wurden;

und wenn Ihnen gerade *kein* Käfer den Oberschenkel nordwärts krabbelte;

und wenn Ihre Kinder sich seit fünf Minuten *nicht* rosenkriegmäßig gestritten haben, als ginge es um ihr Erbe;

und wenn – *wenn!* – sogar Ihr verdammtes Telefon diese einen, einzigartigen, kostbaren, köstlichen, ausgekosteten fünf Minuten lang einmal den Mund gehalten hat – dann haben Sie sich vielleicht vorgestellt, dass Sie gar nicht unten auf dem Rücken liegen und in den blauen Himmel oben gucken, sondern dass Sie oben liegen, wolkig auf dem Bauch, und in den blauen Himmel unten gucken, ganz tief unten.

Uuuuunten!

Ja, ich rede von Glück und Zufriedenheit.

Ich rede auch von so hoch fliegend tiefsinnigen Auf-dem-Rücken-liegen-Gedanken wie dem, dass, wenn es keine Luft gäbe, es auch keine Fallschirmspringer gäbe und nicht die FDP in NRW.

Aber ich rede auch von solchen Gedanken wie: »Was denkt eigentlich meine Katze, wenn sie die Fußball-Weltmeisterschaft guckt?«

Sagen wir mal – Deutschland gegen Kamerun.

Die Katze denkt vielleicht: »Da flitzen, purzeln, *fliehen!* ja lauter kleine, bunte *Mäuse?!* – und scheuchen einen kleinen, käseweißen, hüpfenden *Trockenfutterbrocken?* über ein grünes – gibt's da *Mauselöcher?*

Und da *flieht!* ja ein schwarzer Mäuserich – der ab und zu *piepst!*

Den *fang* ich!

Den

fang –

Weg isser.

Vielleicht ist er hinter dem bunten, flirrenden *Mäusekasten?!*, in den der *Riesenkater* von meiner Klofrau, der Kraulerin und der Kellnerin, immer guckt. Der will die auch *fangen*! Vorne! Fängt aber nix, der Blödmann. Ich guck lieber hinten.

Da! –

Ist er nicht, der *Mäuserich.*

Vorne ist er! Und *piepst* wieder! Riecht nicht, aber *piepst.* Und die bunten *Mäuse* stehen auf einmal still. Und der käseweiße *Trockenfutterbrocken*, der nicht riecht, auch. Und wenn der *Trockenfutterbrocken* in die *Mausefalle* hüpft, dann *piepst* der *Mäuserich*, und der Oberkater – Gott, was für ein Mordskrach!«

Ja, so was stellt man sich zum Beispiel vor, wenn man auf dem Rücken liegt und sich zum Beispiel vorstellt, was sich die Katze vorstellt, zum Beispiel bei Deutschland-Kamerun.

Oder Slowenien-Jugoslawien, wo man, wäre man nicht zufällig völlig weggetreten, vor lauter -vic-vic-vic im Wachzustand nur an solche unerfreulichen Dinge denken würde wie zum Beispiel das Kriegsverbrechertribunal.

Aber man ist ja weg, weit weg. Und guckt von hoch oben tief runter. Und denkt schöne Gedanken, Katzengedanken, Rückenhimmelblaugedanken, angenehm nutzlos und erdfern, und man ist behaglich eins mit sich, den man vergessen hat, und der Natur, die man nicht versteht, in einer Welt, die es nicht gibt außer in diesem Moment.

Und der Gedanke, dass einen zum Beispiel eine kleine

graue Katze, die sich einen feuchten Mäuseschiss kümmert um berechtigte oder unberechtigte Elfmeter und keine Ahnung hat, was ein 3:3 gegen Jugoslawien für Slowenien bedeuten mag, oder wenn wieder einmal ein Muskel (lat. musculus: das Mäuschen) zumacht, dass einen also diese kleine graue Katze für mindestens so bekloppt hält wie man sich selbst und man lächelnd darüber nachsinnt und man – lächelnd – darauf kommt, was ihr wohl ein Ausscheiden der deutschen Mäusemannschaft in der Piepsrunde bedeutet – hat was.

Doch, das hat was.

Ja gut, wir lieben die Musik

Ja gut (ich wollte immer schon mal »ja gut« sagen), Sie können sagen, diese Kolumbusstraßengeschichten seien an den Haaren herbeigezogen: durchgeknallte Katzen, Phantomigel, Killerschnecken, Kellerasseln, die mit dem Teller rasseln – pffft!

Das können Sie sagen. Ich aber sage Ihnen, dass das, was über die Menschen in unserem Hexenhäuschen zu sagen wäre, noch viel –

Zum Beispiel das Thema Kinder und Musik. Das ist ein wichtiges Thema, und wir mussten uns nicht lange überzeugen lassen, dass Kinder musizieren sollten. Kinder sollten musizieren! Wunderbar!

Aber zum Üben schickt man sie am besten zu anderen Leuten. Wie weit entfernt die wohnen müssen, hängt natürlich von der Wahl der Musikinstrumente ab. Blöde Blockflöten hält man ja notfalls im eigenen Haus aus, aber Blockflöten – ich weiß ja nicht.

Natürlich hatten unsere Kinder, die längst musikschulreif waren, die freie Wahl bei ihren Musikinstrumenten. Und natürlich haben wir im Stillen darauf gehofft, dass sie zu Mamas altem Keyboard im Keller oder einer von Papas vier Gitarren eine gewisse Affinität entwickeln würden. Aber natürlich wollte Rosa Querflöte und Jan Saxophon. Oder wenigstens Schlagzeug. Am liebsten würde er natürlich Staatskapelle spielen, Hauptsache laut oder unbezahlbar.

Eingetreten ist das: bei Rosa der GAU, denn sie will nach vier Querflötenstunden mit Mietquerflöte immer noch Querflöte spielen. Und sie übt. Sie tutet. Sie tut et. Oft.

Jan hat vom Sax und Schlagzeug nach einer Lektion Sax und einer Lektion Schlagzeug Abstand genommen, weil er beides nach einer halben Stunde immer noch nicht richtig konnte, hat alsdann uninspiriert an Papas Gitarren rumgezupft und sich vom Musiklehrer bescheinigen lassen, dass er vielleicht noch ein kleines bisschen zu jung sei.

Normalerweise hätte diese Denunziation meinen Sohn, der schließlich seit Jahren daran arbeitet, eines Tages älter zu sein als seine große Schwester, an den Rand eines Musiklehrerzusammenbruchs getrieben, aber er ist ja nicht doof: Keyboard sollte es sein!

Hurra, Keyboard! Keyboard haben wir!

Aber wir sind ja naiv. Wir haben ein Keyboard, das funktioniert sozusagen, Jan hat's behauptet und sein Komplize von der Musikschule beeidet, noch mit Dampf: keine Anschlagsdynamik, keine Rhythmen drauf, nur Töne. Was soll er denn damit?

Was er unter Keyboard versteht, ist – eine Alles-hört-auf-mein-Kommando-Staatskapelle. Mit Tschakatschak und Rumtumtum und Riesen-Chor in Ooooh und Aaaah auf Digitalnummer 47 und 48, mit irre vielen Knöpfen und ohne ödes Üben, dafür mit Speicherfunktion und Kampfhubschrauberlandegeräusch, das spielt er am liebsten. Um so ein Monstrum zu bedienen, braucht man ungefähr so viel Notenkenntnis, Musikverstand und Fingerfertigkeit wie beim Lösen einer Fahrkarte am VRR-Schalter. Aber es klappt auf Anhieb.

Und so lässt unser virtuoser Sohn, wenn jemand zu Besuch kommt, mit einem Finger kurz mal maestromäßig Hunde bellen, Häuser zusammenkrachen und spielt, Knopfdruck, verzückt und stolz den rosaroten Panther vor: »Guck mal, was ich gelernt hab! *Tam-taram-taram-tatam-taram-taramta-daa-ram!*« Und dann kommt der Kampfhubschrauber, aus dem Keyboard klirrt's wie Glas, ein elektronischer Hund kläfft auf Digitalnummer 86, Mama heult und Papa jault und Smilla maunzt, in allen Lüften hallt es wie Geschrei, und Rosa flötet quer hinein in die kolossale Kolumbus-Kakophonie.

Ja gut. Eine Musikstunde dauert 60 Minuten, und das nächste Spielen ist immer das schwerste. Und jetzt ist der Fall rund.

Ach, darum! Darum kriegen wir unseren vielnamigen Vielfraß mit den 16000 Stacheln nie zu Gesicht! Der Grund ist, wie immer, ganz einfach: Wir machen alles falsch!

Andererseits: Wie würden Sie Ihren persönlichen Igel locken – außer mit Hühnerflügeln, ungesalzenem Rührei und Katzenpamps?

Klar: mit »Kussgeräuschen und Lippenschnalzen« wie jede Katze. Aber das ist es eben, wie uns jetzt ein weltberühmter Igelexperte aufklärte. Kussgeräusche und Lippenschnalzen bedeuten nämlich in der Igelsprache: Hau bloß ab! Sonst pieks ich dich!

Und weil Nicky Swieti Plischka-Bartel als Igelin natürlich die Igelsprache versteht, macht sie sich schleunigst vom Acker, wenn wir werbend Kussgeräusche machen und lippenschnalzen.

Was für ein Missverständnis!

Wir werden jetzt also abends freundlich in unseren Garten hineinfauchen, wenn wir es in der Igelbaracke schmatzen und rascheln hören. Weil – das Fauchen, klärt uns der Igelexperte auf, ist eine igelische Liebeserklärung, ein unzweideutiges Zeichen dafür, dass Igelpärchen in trauter Harmonie miteinander leben und alsbald ihre Stacheln flachlegen wollen, um sich beim Schmusen nicht zu pieksen.

Alles klar, ab heute wird gefaucht.

Das Problem ist nur, dass wir jetzt unserer Smilla immer die Ohren zuhalten müssen, wenn wir uns mal in Ruhe mit dem Igel unterhalten wollen. Denn der Igelexperte ist auch ein Katzenexperte, und als Katzenexperte sagt er, dass die Katzen, »der schlimmste Feind der kleinen Igel«, bei Schmatz- wie bei Kussgeräuschen und Lippenschnalzen auf Schmusekurs, bei Fauchen aber auf Distanz gehen.

Nun, das wussten wir eigentlich schon, auch ohne Katzenexperten.

Mein Bruder dagegen ist Hundeexperte. Und der klärt uns darüber auf, dass Hund und Katze sich, ähnlich wie Katz und Igel, viel besser verstehen würden, wenn sie nicht seit Urzeiten Opfer bedauerlicher Missverständnisse wären. Und weil er grundsätzlich an das Gute im Tier glaubt, bringt er ab und zu einen Hund mit in die Kolumbusstraße, wo man dann Missverständnisse besonders schön studieren kann.

Das erste Missverständnis besteht darin, dass der gut gelaunte Hund mit dem Schwanz wedelt.

Also: Der Hund, hocherfreut, eine im Prinzip grundsympathische Katze zu erblicken, wedelt mit dem Schwanz. Die Katze aber, die den Hund eigentlich auch ganz nett findet für einen Hund, interpretiert das Schwanzwedeln kätzisch – will nämlich sagen: Ich geh jagen oder dir an den Kragen!

Und faucht!

Der Hund aber schaltet beleidigt auf Abwehr um, während sich von seitwärts aus dem Haselbusch mit allen Symptomen der Verliebtheit ein Igel nähert und auch faucht, was die Katze so vergrätzt, dass sie weiterfaucht. Der Hund knurrt erbost, was der Igel jetzt überhaupt nicht kapiert, weshalb er muffig wieder abdackelt, wohingegen die Katze hocherfreut das hündische Knurren mit kätzischem Schnurren übersetzt und selber verbindlich schnurrt, was wiederum den Hund vergrault, weil der ja glaubt, dass die Katze, die gerade noch so attraktiv gewedelt hat, böse auf ihn ist.

Ja, und dann bellt der Hund, und die Katze faucht, und der Igel kapiert gar nix mehr und stellt seine 16 000 Stacheln auf steil, und die Menschen rufen laut »Halt's Maul!« und knurren den Hundeexperten an, weil der blöde Hund unsere süße Schnurr-Katze …

Dabei war das ja alles nur ein großes Missverständnis, wie

wir jetzt wissen. Wir haben es bei einem gemeinsamen Abendessen, während dessen der Igel, nicht aber mein Sohn, schmatzen darf, und mit einem brüder- und schwägerlichen Lippenschnalzen aus dem Weg geräumt.

Wahl- und Blutsverwandtschaft

Es ist ja nun wirklich nicht so, dass wir vereinsamen. Aber seitdem wir die Katze haben bzw. seit sie uns hat, kommen einige unserer Freunde seltener und andere gar nicht mehr; wieder andere frequentieren die Kolumbusstraße 123 nur noch als Open-Air-Event. Auf der Terrasse. Das liegt daran, dass auch unser Freundeskreis seinen Anteil zur global steigenden Allergikerzahl beiträgt. Die einen kriegen schon beim Anblick eines gelben Ballermannstrohhalms rote Augen oder interessante Pusteln, die man noch nicht an ihnen kannte, die andern niesen nur oder räuspern sich, obwohl es objektiv nichts zu beräuspern gibt – macht nix. Man ist ja befreundet.

Nur bei Asthma hört die Freundschaft auf.

Wir zeigen ihnen Verständnis und süße Smilla-Fotos, daheim (bei ihnen), um ihnen zu zeigen, was ihnen außer Atemnotkollaps entgeht, und um den Kontakt nicht ganz zu verlieren.

Freunde mit Igel-Allergie haben wir nicht, also auch nichts zu verlieren. Igel-Allergie kommt in unserem Freundeskreis praktisch nicht vor, dabei wäre das überhaupt kein Problem. Abgesehen von der Tatsache, dass Igel nicht fusseln: Nicky Swieti Plischka-Bartel lässt sich eh nicht blicken. So verkehrt ist die Welt.

Aber man braucht nun mal Freunde. Freunde sind etwas Wunderbares. Freunde sind Leute, die uns mögen, obwohl sie uns kennen. Freunde haben uns ausgesucht aus Abermillionen Armleuchtern, und – Freunde kann man sich aussuchen, im Gegensatz zu Verwandten. Verwandtschaft ist natürlich auch was Wunderbares, und nichts kann einen so aus seinem blöden Konzept bringen wie die Stimme des Blutes, die immer, wenn man mal was Originelles angestellt haben will, dazwischenquatscht: Das habe man von Onkel Theo, und wie der geendet sei, wisse man ja.

Ojeojeoje.

Das sagen Verwandte, weil sie uns mögen. Verwandte müssen uns mögen, weil sie schließlich verwandt sind, und selbst wenn wir gar nichts erben oder gar teilen werden, teilen sie doch erheblich viel mehr Erbmaterial mit uns als nach der sensationellen Entschlüsselung unserer uns noch 3,2 Milliarden Mal mehr verwirrenden CATG-Grammatik der westafrikanische Feld-, Wald- und Wiesen-Schimpanse (98,4 %). Vielleicht ist es ja am Ende dieses unbarmherzige Mögegebot, das all den Familienknatsch hervorbringt?

Wenn auch nicht, das sei hier ausdrücklich bemerkt, bei uns.

Unsere Familie ist, Stammbaum rauf und runter, geradezu vernarrt in sich selbst und Smilla Bartel, und keiner reagiert auf sie verschnupft. Meine wunderbaren Schwiegereltern zum Beispiel vergrößern, statt Asthma zu kriegen, beim Anblick ihrer Schwiegerkatze ihr Lungenvolumen augenblicklich auf das Doppelte, mein assisimäßiger Bruder hustet, allergo ma non troppo, auf so ziemlich alle süß duftenden Gräser, Blüten und ollen Pollen, aber nicht auf Fell. Meine persönliche Mutter schreckt vor nichts zurück (außer vor Mäusen, was ihr unsere Katze umso sympathischer macht), und mein Vater lehnt Allergien sowieso fast so kategorisch ab wie Cholesterin, weil er beides für Erfindungen der Pharmakonzerne und der Dr.-med.-Mafia hält.

Warum ich das erzähle?

Weil wir ja jetzt ein paar schöne, warme, schamlos faule Mezzogiorno-Tage lang nicht in der Kolumbusstraße sind. Und weil Rosa rote Augen kriegt und gar zu laute und spitze Schnaub-Töne von sich gibt, sobald wir öffentlich zu erwägen wagen, Smilla eventuell im Handkoffer nach Apulien zu exportieren. Rosa liebt Smilla. Und Rosa liebt auch Italien von Herzen, aber seitdem der Kühlschrank, der Herd, die Wasserpumpe, der Werkzeugkasten und meine schöne blaue Schmuddelweste aus unserer Olivengarage verschwanden, reagiert sie auf die Kombination Smilla-Italien ausgesprochen allergisch. Sie vermutet nämlich hinter jedem Oleanderbusch einen Papagallo-Kater oder lokalen Paten der globalen Katzenfängermafia, und das Thema ist durch.

Ja, und nu?

Passt die halbe Verwandtschaft auf Haus und Hauskatze auf.

Die Freunde haben entweder Ferien oder Allergien.

Mixed Pickles und Katzenkonzert

Essen Katzen saure Gurken? Haben Katzen Heißhunger auf Himbeerquark? Oder haben wir einen Vogel?

Keine Ahnung, ob Smilla schwanger ist. Sie sagt ja nix. Ob sie Gurken äße, wenn sie an den Kühlschrank rankäme und das Gurkenglas öffnen könnte, wissen wir nicht. Und mit ihr einen Schwangerschaftstest beim Tierarzt machen? – Wir machen uns doch nicht lächerlich.

Aber sind neugierig. Wir waren ja nun eine Weile nicht da und konnten ihre sozialen Kontakte darum nicht überprüfen. Aber mein Bruder mutmaßt, da seien welche gewesen, berichtet von Katzenkonzerten, fanatischem Fauchen und anderen Indizien. Das lässt uns guter Hoffnung sein, dass sie guter Hoffnung ist. Vor allem Jan, Hannah, Isa und Sag-ich-nicht, denn denen hat Rosa Smilla-Kinder in die Hand versprochen. Bald.

Isa kriegt allerdings keins, weil Isa laut Rosa ihren Hasen nämlich ab und zu an den Ohren hochhebt, was in Rosas gestrengen Augen den Tatbestand einer außerordentlich unartgerechten Tierhaltung erfüllt und sie als Smilla-Baby-Mutter auf Jahre disqualifiziert. Obwohl es, aber das wirklich nur nebenbei, mit Sicherheit noch kein Mensch geschafft hat, mit einer Hand eine Britisch-Kurzhaar-Katze an beiden Kurz-Ohren gleichzeitig zu liften.

Nur gut, dass Isa, die ihr Karnickel weit häufiger im Puppenwagen durch die Wohnung fährt, als dass sie es lupfte, »sowieso keine blöde Katze« mehr wollte, denn in ihrem Freundeskreis wurde gerade ein Kuschelhäschen von einem Kuschelkätzchen tragisch aufgegessen. So sind Isa und Rosa Freundinnen geblieben, und das ist gut so.

Allerdings haben wir, Smillas Schwangerschaft und vier Katzenbabys vorausgesetzt, jetzt rechnerisch eines übrig. Und überlegen schon, ob wir nicht einem unserer katzenfreundlichen nicht-allergischen Freunde eines schenken, genauer den beiden, die wir so prosaisch in Krefeld vermählt haben. Die feiern nämlich jetzt ihre Hochzeit offiziell nach. Die haben Platz. Die haben Zeit. Die würden sich bestimmt freuen.

Oder nicht. Denn diese Tiergeschenke sind ja, so viel weiß ich auch, in der Regel trojanische Pferde, und wenn dem Bauche eines solchen geschenkten Gauls zum Beispiel eine Katze entsteigt, hat man sie an der Backe und kriegt sie nicht ab. Und weil man ja kein Unmensch ist, würde man sie behalten und auf den, der sie schenkte, womöglich ein Katzenleben lang stinkig sein.

Aber uns ist es damals, im November 1984, auch nicht besser gegangen. Zur Hochzeit kriegt man immer, was man nicht braucht, oder von dem, was man schon braucht, die dreifache Menge, die man auf gar keinen Fall braucht. Meine Eltern berichten immer wieder gern von den legendären fünf Geflügelscheren.

Uns haben damals Verwandte ihrerseits, die in der ehemaligen DDR wohnten, von denen ich nicht einmal ahnte, dass es sie gab, und die ich bis heute nicht gesehen habe, einen Flamingo geschenkt, den ich jeden Tag sehe: einen echten Mahagoni-Flamingo, ellenhoch blank poliert und so was von grottenscheußlich, dass wir zumindest sicher sein konnten, dass keiner unserer Freunde auch nur etwas entfernt Ähnliches besaß. Und weil wir uns gut vorstellen konnten, wie glücklich der dünne Flamingo sein musste, aus der DDR rausgekommen zu sein, brachten wir es nicht übers Herz, ihn wegzuschmeißen.

Wir haben ihn zunächst umgedreht, seinen Holzsockel mit Doppelkleber versehen, unters Küchenregal geklebt und ihn als Trockentuchhalter benutzt. Jahrelang. 1990 aber haben wir den realsozialistischen Flamingo vom Kopf auf die Füße gestellt, weil er uns nun irgendwie wie ein Vorbote der Freiheit und Einheit vorkam und weniger melodramatisch als zum Beispiel ein Adler.

Da hätten wir also tatsächlich einen Vogel. Der steht jetzt erratisch zwischen allerlei Fotobüchern oben auf dem Wohnzimmerregal und guckt still auf uns herab.

Und bald, wer weiß, vielleicht auch auf Smilla und ihre vier oder fünf Babys.

Andere Umstände in Apulien

»Kater!«, hatte ich schreiben wollen, »Kater Mülheims und Umgebung, seid ihr Kater oder Memmen?! Wo seid ihr, wenn man euch braucht, mannhaft, kühn und olala?!« Und flammend hatte ich fortfahren wollen:

»Kater! Zu meiner Zeit, das waren noch Kater, nicht solche Weicheier wie heutzutage. Die hätten sich alle zehn Krallen (oder wie viel Krallen ihr Kater eben habt) nach einer so jungen, bildhübschen, schnuckeligen, aber unverschuldet einsamen Katzenmaid abgeleckt und wären – aber sofffort …! – Und ihr? Es gibt keine Kater mehr in Deutschland: armes Deutschland!«, wollte ich kultur- und katzenpessimistisch schimpfen und am Ende alles Menschenmögliche für die Katz getan haben.

Und dann war ich sogar entschlossen (natürlich in Absprache mit Rosa und der Redaktion, die's schon nicht mehr hören kann), meine publizistische Macht – ausnahmsweise – schamlos für private Zwecke zu missbrauchen; einen eindeutig zweideutigen Appell an alle noch intakten Kater an Ruhr und Niederrhein wollte ich an dieser Stelle in die Zeitung setzen, und ich hatte mir auch schon im fernen Apulien einen Text für diese meine erste Kontaktanzeige ausgedacht:

»Smilla, 10 Monate, westfälischer Adel, nebelgrau, Stockmaß ungefähr 23 Zentimeter, mit Buckel 40, sucht potenten Herrn mit Niveau zwecks Freizeitgestaltung nebst Kinderwunsch. Wenn du Nichtraucher bist, zufälligerweise nicht kastriert, auch Mäuse magst und vielleicht sogar Ballermann-Strohhalme und hinterher flott wieder abhaust, dann melde dich unter Chiffre …«

Dann passierte zweierlei. Zum einen fiel mir ein, dass ich das System mit diesen Chiffres nie ganz durchblickt habe. Zum anderen brüllte auf einmal Rosa meine dahingehenden

Gedankenrohbauten in Trümmer: »Oma Nene hat angerufen: Smilla wird dick!«

Nun wusste ich zwar aus dem Katzenbuch, dass Britisch-Kurzhaar-Damen leidenschaftlich gern verfetten, und sagte das auch. Aber meine Tochter ist ja nicht doof. »Oma Nene sagt, sie hat Babys im Bauch!« Und dann fing sie an zu weinen, weil sie sich gar so freute, während Jan im Lande der Tarantella zu veitstanzen begann, weil er ja einen beglaubigten Optionsschein auf das schönste der kommenden Katzenwunderkinder besitzt und schon lange auch mal sagen dürfen können möchte: »Finger weg! Nicht streicheln! Sie mag das jetzt nicht!«

Und dann hatten wir, 2000 Kilometer fern der Heimat, in unserem bis dahin spektakulär unproblematischen Urlaub ein gewaltiges Problem: meine Tochter, ohne sie in schwere Ketten zu legen, daran zu hindern, sich auf der Stelle auf den Fußmarsch nach Norden zu begeben, und sie noch irgendwie zwei Wochen in Süd-Apulien festzuhalten.

Was, wie ich Ihnen gestehen muss, durch die Tatsache, dass auch meine feinfühlige Gattin durch vermehrtes Seufzen und Augenfeuchte auffiel, nicht gerade erleichtert wurde.

Ach ja, da gingen wir abends auf einmal zum öden Trampolinhopsen und Kettenkarussell-Überleben nach Santa Maria al Bagno, besuchten (40 Meter entfernt vom feinsten weitläufigen Sandstrand!) eine sauteure, voll gestopfte und über alle Maßen gechlorte Süßwasser-Rutschbahnkirmes mit Pizza- und Pommes-Ambiente namens »Splash«, unternahmen die bis dahin strikt verweigerte Bötchentour zu den Kanincheninseln von Porto Cesareo und fanden uns damit ab, an jedem zweiten Tag ein Vermögen für idiotische Handy-Telefonate auszugeben, die ungefähr folgenden Inhalt hatten:

»Hallo Smi, Küsschen, meine Süße, hier ist die Rosa! Ich freu mich so auf dich. Geht's dir gut? Küsschen! Wie geht's den Babys in deinem Bauch? Isst du auch tüchtig Vitamine?

Du darfst jetzt nicht mehr so wild vom Baum springen! Warte, Smilla, Küsschen, jetzt kommt, Küsschen, der Jan, und dann geb ich dir mal, Küsschen, Küsschen, die Mama …«

Angeblich hat Smilla auf dem Arm von Oma Nene bei diesen Telefonaten immer klug geschnurrt. Ich halte das für ausgemachten Blödsinn. Katzen können nicht telefonieren. Aber gut möglich, dass sie grinsen.

So, jetzt sind wir zehn

So, und jetzt zu Smilla. Und da mache ich erst einmal, der ganzen Aufregung wegen, einen langen Gedankenstrich ——————————————.

Danke, es geht ihr gut, den Umständen entsprechend. Und uns geht es auch wieder gut, aber wer fragt schon danach? Und wenn Sie's genau wissen wollen: Mir ging es eine ganze Weile echt schlecht.

Nicht, dass ich mich an unrasierten Feigen überessen hätte, es war wegen der Katze. Weil doch die Katze nicht da war. Weil doch die Italiener da waren: vier Stück, zwei kleine und zwei große. Und weil die eine von den Großen, die seit so vielen apulischen Sommern so liebenswürdig zu uns waren und die nun endlich und ausgerechnet für zwölf Tage leibhaftig zu uns kamen, nicht nur Mann und Kinder mitbrachte, sondern auch eine extreme Katzenhaar-Allergie – so eine mit Luft weg und Umfallen, ganz furchtbar.

Bei Immanuel Kant hieß das mal »Kollision der Pflichten«; bei mir hieß das: Entweder quartiere ich die Freunde wieder aus (wohin? wohin?) und vergraule die amici. Oder ich quartiere die Katze aus (Oma! Oma!) und vergraule meine Tochter. Zumal Smilla ja vier Urlaubswochen lang schmerzlich vermisst worden und nun hochschwanger war, aber so was von hochschwanger.

Entweder ein Freund, der den Namen nicht verdient, oder Tochter- und Tierfeind in Personalunion. Klar war: Für mindestens eine Partei würde ich der Buhmann sein, gemein, herzlos und bös.

Ich bin nicht gern der Buhmann.

Rosa hat es schließlich knurrend hingenommen, dass Menschen ab und zu bei uns Vorfahrt haben und die kugeldicke Smilla zu Oma Nene ausgesiedelt wurde. Während der letzten

Ferienwoche hätten die Essener und Mülheimer Verkehrsbetriebe einen Extra-Pendelverkehr zwischen Mülheim-Heimaterde und Essen-Borbeck eingerichtet, fast. Nur wegen Rosa. Aber dann hat das doch lieber meine Gemahlin übernommen.

In der ersten Schulwoche dasselbe, allerdings mit dem bangen Bangen unterfüttert, unser Katzenmäuschen könnte womöglich in der Fremde niederkommen. Rosa kündigte für diesen Fall schon mal Unterrichtsboykott an und ich pädagogische Zwangsernährung.

Aber Smilla weiß, was sich gehört, wartete brav die Abreise unserer Freunde ab, kam heim – doch nicht nieder.

Ich sage nur: Steißlage!

Ich sage nur: Wehenschwäche!

We-hen-schwä-che!

Miauen.

Tränen.

Miauen.

Tierarzt.

Miauen.

Wartezimmer.

Miauen.

Tränen.

OP.

Tränen.

Kaiserschnitt.

Kai-ser-schnitt!

Und endlich Rosas Jubel-Anruf in der Redaktion, in der ich wie auf einem heißen Blechdach gesessen hatte und längst völlig unbrauchbar geworden war: »Papa, du bist Uropa geworden!«

Miau!

»Weil ich ja die Katzenmutter einer Katzenmutter bin, also Katzenoma, also du …«

Der frisch gebackene Uropa sank erleichtert in seinen Schreibtischsessel und informierte, nachdem die Rührung etwas abgeklungen war, stolz die Kollegen.

Und was taten die?

»Kai-ser-schnitt?!«, prusteten die los, als hätte ich gerade einen famosen Witz gemacht, *»Kaiserschnitt??!* Und nu: vier Wochen Katzenmutter- und Kind-Kur auf Norderney?«

Ja, sehr witzig. Und über Norderney müsste man durchaus mal nachdenken. Tatsache ist, dass wir am ersten Abend alle innerlich mit weißen Häubchen durchs Haus schlichen, jeder eine vorgewärmte Liebesperlen-Nuckelpulle in der Hand. Die arme Smilla war nämlich zu groggy, um die Milchbar zu eröffnen, oder durch die Narkose so durcheinander geraten, dass sie keine Ahnung hatte, was ein gesunder Instinkt ist und diese fünf nach Tierarzt riechenden quiekenden Katzen-Kleindarsteller in Jans Waffenkiste mit ihr zu schaffen hatten.

Eine Tragödie bahnte sich an.

Frau her, sonst aus die Maus

Ach, Smilla! Ein grauer Schatten ihrer selbst, der sich um die fünf kleinen grauen Schatten, die er warf, nicht kümmerte. Ach, Rosa! Ein tränennasses Häufchen Elend, das immerzu rief: »Smilla kann doch nichts dazu, Smilla kann doch nichts dazu!«

Nein, Smilla konnte nichts dazu, die arme Smilla. Es konnte überhaupt niemand was dazu, nicht einmal Jan, der kurz nach Mitternacht und der dritten Baby-Nuckelpulle-Runde anfing, sich auf 40,3 Grad zu erwärmen, ein speiender Vulkan, und auch nicht viel fitter war als die arme Smilla. Und nicht viel weniger fit als der Rest der Familie, der halb traurig, halb panisch zwischen Kindbett und Kind im Bett hin- und hergespukt war, am nächsten Morgen.

Ja, das sind so Nächte. Das Schönste an ihnen ist, dass sie vorübergehen. Als wir uns gegen sechs Uhr in der Früh' tief gerändert bei den armen, von der Mutter verstoßenen, blinden, tauben, vor Hunger und Einsamkeit quiekenden Kätzlein trafen (der Sohn war ein wenig abgekühlt), gab es einen letzten, allerletzten Versuch, Smilla ihre Brut doch ans Katzenherz zu legen und die Menschenherzen zu kitten. Und uns, aber das nur nebenbei, vor der Fron zu bewahren, für die nächsten fünf Wochen auf der Katzenkinderstation Nachtakkord zu kloppen. Mit Fläschchenwärmen, Nuckelmarathon und Massieren von fünf ganz kleinen Bäuchen. Das nennt man übrigens Baby-Pech.

Meine zuweilen bewundernswert pragmatische, wundertätige Frau (es sollte nicht ihr Einziges bleiben) legte das jämmerlichste der fünf Graulinge ein allerletztes Mal der Mutter an die Brust, überschüttete Smilla mit Koseworten – und strich dann, ein Geniestreich, das Kindlein – schwupps – an Smillas Hinterteil vorbei und hielt es ihr demonstrativ unter die Nase – und das Wunder geschah: Smilla, immer noch in Trance und wundschmerzmüd, schnüffelte am stets weggefauchten Baby – und begann es nach allen Regeln der Katzenwäsche abzuschlabbern. Die Prozedur wiederholte sich noch vier Mal, immer von Süd nach Nord, und auch wenn Smilla dabei jedes Mal ein Gesicht machte, in dem man las: »Was denn, noch eins?!«, der Mutter-Instinkt war angeknipst und ging nicht mehr aus.

Lang anhaltender Applaus in der Kolumbusstraße 123, Freudentränen, -tänze, reines Glück. Sogar Jan kam kurz rübergewankt, strahlte, spie zufrieden ins Klo und legte sich wieder hin.

Sogar Smilla bettete sich, um den schon wieder hungrigen Nachwuchs zuzzeln zu lassen, vorsichtig und offensichtlich unter Schmerzen. Aber sie hielt tapfer durch – jedenfalls solange meine Gattin ihre Pfote in der Hand hielt und unaufhörlich Komplimente und Durchhalteparolen auf sie hinabschnurrte. Ließ Gattin los, stand Katze auf – und aus die Maus: Milchbar geschlossen.

Ob es die Löwin in meiner Gattin ist? Oder die Ur-Mutter? Oder was aus der Geheimabteilung Frauen unter sich? Jedenfalls ist meine Menschenfrau zur Leitkatze avanciert, und die grauen Fünflinge (drei dicke Mädels, zwei dünne Jungs) wachsen und gedeihen prächtig. Alle zwei Tage werden sie, warum, wissen wir nicht, von Smilla umgebettet. Theoretisch. Praktisch schnappt sie sich eins der Grauen und bringt es nachts irgendwo hin. Dann zählen wir morgens nach, vermissen eins und suchen aufgeregt die ganze Wohnung ab. Haben wir's endlich gefunden (was schwer ist, weil Smilla immer da ihre Kinder versteckt, wo man nicht sucht), steht Smilla schwanzhoch bei Fuß und maunzt so lange vorwurfsvoll, bis meine Frau, Smilla hart am Bein, die anderen vier beim Wickel nimmt und eins nach dem andern an Ort und Stelle absetzt. Dann schnurrt Smilla. Und zwei Tage später geht das heitere Katzenverstecken weiter.

Derzeit wohnen (vermutlich, muss mal nachfragen) alle fünf bei mir auf dem Hochbett im Schweinestall. Dort haben wir das just verfindelte Katzenkind erst nach vier Stunden entdeckt, nachdem wir alle Wohnzimmer- und Kinderzimmermöbel verrückt hatten und auf etliche hochinteressante Langzeitvermisste gestoßen waren. Nur nicht auf Katzen.

Ich weiß natürlich, dass mittlerweile selbst die Wohlmeinenden unter Ihnen vermuten, dass wir mindestens einen Klitzekatzekleinen an der Waffel haben. Was soll ich dazu sagen?

Sie haben vollkommen Recht.

Eingefleischte Vegetarier

Ich weiß, dass es Schlimmeres gibt, weit Schlimmeres. Ich weiß von Mutterkatzeneltern, die weit mehr bezahlt haben als bloß 450 Mark für einen Katzen-Kaiserschnitt; ich weiß von Menscheneltern, die lange Zeit streng turnschuhgläubig waren, deren Springinsfeld jäh Springerstiefel trug, und von Freunden, deren Tochter auf einmal aussah wie Mutters Gardinenstange am Schabrackenwaschtag: lauter Ringe, überall.

Und dann geriet sie auch noch in eine Clique von Veganern: kein Fleisch, kein Fisch, kein Ei, keine Milch und immer schlechte Laune: »Butter ist Mord!« Grauenhaft.

Meine Tochter, immerhin, hat uns jüngst wissen lassen, dass sie ab sofort Vegetarierin sei. Unwiderruflich. All die armen Tiere, unschuldig und wehrlos und womöglich ähnlich kuschelig und süß wie die Fünflinge unserer teuren Smilla.

Fleisch? Pfuideibel!

Nichts zu machen. Abwarten und Salat kaufen.

Sie aß Salat. Sie erfand ihre eigenen Dressings, meistens übrigens gar nicht übel, und wenn sie äste, sah sie dabei aus, als wäre mit jedem Salatteller die Welt ein kleines bisschen gerechter, glücklicher und schöner geworden.

Die erste Anfechtung widerfuhr ihr nach drei Tagen mit dem Grillabend. Rosa verschmähte heroisch ein chinesisch mariniertes Nackensteak und zog – für meinen Geschmack etwas zu ausufernd – über die original argentinisch marinierten Hühnerflügel von Edeka her, die wir, seitdem der blöde Igel Nicky Swieti Plischka-Bartel aus dem Haus ist, besonders gerne selber essen.

Die Würstchen allerdings aß sie mit Ketchup, Hot-Curry-Ketchup, Senf und großem Appetit, drei Stück. Würstchen, erklärte sie uns, seien kein Fleisch, sondern Würstchen.

Nämlich.

Morgens war sie wieder strenge Vegetarierin, lehnte die Leberwurst beleidigt ab, beleidigte Jans Salamibrötchen und frühstückte irgendwas, das jede Menge Cerealien und bunte Sammelbilder hat, aber keine Beine. Mit Milch von glücklichen Kühen mit glücklichen Kindern und Pensionsberechtigung.

Mittags gab es Spaghetti al basilico mit Tomatensugo, strikt tierfrei. Abends aß Jan Rosas Schnitzel gerne auch noch, schob ihr im Gegenzug emphatisch die Bratkartoffeln rüber und seinen halben Salat, aber sie aß lieber überhaupt gar nichts, weil sie nachmittags ihre vegetarischen Süßigkeiten-Depots gefleddert hatte.

Morgens wieder Cerealien mit Sammelbildern.

Mittags Gemüsesuppe, aus der sie das Rindfleisch pulte, für Smilla, die von ihrem missionarisch-salatischen Eifer erstaunlicherweise verschont blieb.

Abends einen tollen bunten Salat mit (selbst mitgebrachten) Kapern aus Apulien und Thunfisch, den sie straffrei ohne h schreibt, aus der Dose.

Morgens wieder Sammelbilder.

Mittags Pfannkuchen mit vegetarischen Salamischeiben und abends bis zum Nichtmehrpappsagen die saftigen, duftigen, dunkelsoßigen Rinderrouladen von Oma Anna nach dem Geheimrezept von Uroma Frieda mit Hackfleisch-, Zwiebel-, Gurken-, Senffüllung und Nachschlag.

Wir haben sie natürlich – dezent – auf gewisse Widersprüche zwischen ihrer Konfession und ihrer Praxis aufmerksam gemacht. Das muss man als Eltern und auch aus dem Grunde heraus, dass man sich ja nicht so mirnixdirnix zum Trottel machen lassen darf: »Herzelein«, haben wir geflötet, »richtige Vegetarierinnen essen aber keine Rinderrouladen!«

»Tja, aber ich bin Halb-Vegetarierin«, klärte sie uns auf.

Basta.

Mein Sohn erklärte sich daraufhin spontan zum »Vollfleischer« mit Kartoffel- und Brotphobie, und wir?

Sind von beidem vollkommen überzeugt, halb.

Der Schweinestall sagt »Mi-mi-mi«

Mittlerweile sind derart viele Glückwunschanrufe und -postkarten (warum haben Katzenfans eigentlich keinen E-Mail-Anschluss?) bei mir eingetroffen, dass ich mich für all die lieben Grüße und Wünsche einmal recht herzlich bedanken muss, wie es sich gehört.

Frau Lemärie, die ja nicht von ungefähr 1. Schriftführerin des Tierschutzvereins Duisburg e.V. ist und mir schon so wertvolle Tipps zur Katzenerziehung zuteil werden ließ, hat ebenfalls gratuliert, aber auch – und zwar »schockiert« – ein ernstes Wörtchen mit mir geredet. Unsere Smilla sei ja nun wirklich SEHR jung für eine Mutterschaft gewesen, in Rechnung gestellt, dass Katzen bis zu 20 Jahren brauchen, bis sie ihre sieben Leben abgeschnurrt haben. Und: Bisher sei im Duisburger Tierheim bei den Europäischen Kurzhaarkatzen noch kein einziger Kaiserschnitt erforderlich gewesen.

Pünktchenpünktchenpünktchen.

Hat sie nicht geschrieben, aber es las sich so. Mit Ausrufe- und Klagezeichen.

Ja, was glauben denn Sie, liebe Frau Lemärie? Dass ich hier was anderes berichte als die Wahrheit, die reine Wahrheit? Oder dass wir unserem geliebten Smilla-Mädchen aus Jux den Bauch aufschnippeln lassen? Für 450 DM plus Nachsorgekosten? Oder meinen Sie, WIR hätten bei der Geburt was falsch gemacht: ich, meine Frau und meine zwei spontan geborenen Kinder?

Nein, das glauben Sie natürlich nicht, aber Ihre Sorge um jedes Schnurrhaar im Gebiet des Landschaftsverbands Rheinland merkt man Ihrem freundlichen Brief dennoch an. Und um auf Ihre Frage zurückzukommen: Natürlich haben wir Smilla auch gleich sterilisieren lassen, denn wir haben stapelweise Katzenbücher gelesen und wissen, dass uns andernfalls alle halbe Jahre ein solches Chaos ins Haus stünde. Wir sind doch nicht blöd.

Ihnen und allen anderen Besorgten sei an dieser Stelle versichert, dass es allen Katzen gut geht, sehr gut. Smilla hat tüchtig zugenommen, spielt und putzt, futtert und füttert, und die fünf Grauen haben längst die Augen auf, die Ohren sind fast entfaltet, und seit ein paar Tagen torkeln sie umher wie besoffene Riesenmäuse.

Putzig.

Alle.

Wir, Jan vorweg, haben schon damit angefangen, nach jenem Katzenkind zu spähen, das bei uns bleiben wird. Grausames Geschäft, diese Selektion! So ähnlich werden sich wohl unsere Enkel fühlen, wenn sie im Internet bei der DNS-Kinderbank den passenden Gen-Cocktail für unsere Urenkel bestellen. Außerdem sehen alle gleich aus, obwohl sie gar nicht geklont sind.

Außer der dicken Bertha. Die dicke Bertha ist echt dick. Die dicke Bertha hat immer Hunger. Die dicke Bertha schubst alle Brüderchen und Schwesterchen aus dem Weg, um als Erste an die Milchbar zu kommen, an der sie als Letzte einpennt. Das Erste, was die dicke Bertha, die auch als Erste die Augen öffnete, tat, als sie die Augen öffnete, war dasselbe, was meine Tochter tut, wenn sie ihre Augen öffnet: Sie fauchte ihren Bruder an.

Meine Kinder fanden das normal, wir nicht.

Wir haben übrigens an fünf Stellen unseres Hexenhäuschens kuschelige Nestlein für die bis dato irritierend mobile Katzenfamilie eingerichtet: mit Kissen in Kisten und Decken in Ecken. Als alles fertig war und das Häuslein voller Nestlein, haben Smilla und Kinder in meinem Schweinestall im Katzentransportkasten Quartier bezogen, der auf meinem blauen Ikea-Teppich steht, den ich praktisch wegschmeißen kann. Das ist ungefähr so, als würden wir in einem Campingbus aufm Kolumbus-Parkplatz vor der Tür wohnen, aber was soll's.

Wenn sie wach sind, macht es da, wo es einst (vor meiner Zeit) grunzte, immer »Mi-mi-mi«. Meine Kinder wissen, dass das »Smilla« heißt bzw. »Smilla, Milch!« Weil die Babys »ja noch nicht richtig sprechen können«.

– Au.

Auf mich guckt wieder kein Schwein

Ich vereinsame. Ich vereinsame so für mich hin, und Olympia kann nichts dazu. Wenn ich früher, rechtschaffen müde, nach meiner schweren, schweren Arbeit nach Hause kam, wurde ich von den glockenhellen Stimmen meiner Wunderkinder empfangen, und meine Gattin säuselte mir ein samtenes Nawiewars entgegen. Oder die Kinder spielten gerade mal wieder Kosovo, und meine Gattin brüllte natomäßig dazwischen.

Wenn ich jetzt abends heimkomme, ist es still in der Kolumbusstraße einszweidrei. Während ich überlege, ob die Meinen vielleicht ausgezogen sein könnten und wohin und warum, schlurfe ich melancholisch am kahlen Wohnzimmertisch und kalten Fernseher vorbei durch die Küche treppab Richtung Schweinestall – und dann höre ich sie doch. Sie sitzen in Schneidersitzen auf dem blauen Flickenteppich, der nie wieder geflickt werden kann, auf allen Knien graue Katzenkinder, und tun das, was in unserer Familie schon seit Generationen nie jemand getan hat: Sie flüstern. »Fein«, flüstern sie, und »schön machst du das«, flüstern sie und loben damit fünf graue Katzenkleinkinder, die gerade üben, wie man glibberige, dunkelbraune Katzenkleinkindernahrung, durch die man gerade mit allen vier Pfoten gestapft ist, gleichmäßig in ihrer Kinderstube, die mein Schweinestall ist, verteilt. In meinem Schweinestall sieht es aus, ich kann es nicht anders sagen, wie in einem Schweinestall.

Meine Familie ist entzückt, und ich zucke nur noch schwach, auch wenn sie gerade meine Lieblingsmokassins zerkauen, denn die schönen Augen meiner Gattin ruhen gar zu träumerisch auf unserem tierischen Nachwuchs. Ich sage dazu lieber nichts, denn ich weiß, sie hat vor Jahren schon mal so geguckt, und zwar auf Rosa, und – schwupps! – war Jan da.

Und meine persönlichen Kinder baden geradezu in diesen

grauen Wattebäuschen mit Beinen, bestaunen Fortschritte und Bruchlandungen, lassen sich beklettern, kitzeln, kratzen und in die Zehen beißen, und das mit einer Hingabe, Duldsamkeit, Ausdauer und so pianissimo, dass man auch nichts sagen kann.

Fernsehgucken kann man verbieten, aber Katzengucken?

Die Spielzeughalden im ersten Stock sind nun vollends sinnlos geworden, das Wohnzimmer ist verwaist, und wenn es in unserer Küche mal ganz besonders appetitlich duftet, dann ist es bestimmt die Hühnersuppe für die Katzenkinder, die gerade von meiner Frau ver- und ihrer Mutter entwöhnt werden und Hühnersuppe ganz besonders gerne schlabbern.

Ich ess dann Bütterken. Und versuche mich damit zu trösten, dass Hühnersuppenflecken den Schweinestall nicht ganz so versauen wie brauner Katzenpamps. Und dann werde ich wieder in die Hoffnungslosigkeit zurückgeschleudert, wenn sie sich zuflüstern, dass die dicke Bertha, die flotte Lotte und die andern schon damit anfangen, aufs Katzeklo zu gehen. »Fein!«, flüstert es im Schweinestall. »Fein habt ihr das gemacht!«

Daneben.

Und so vereinsame ich. Ich habe zwei Beine zu wenig, um attraktiv zu sein. Ich bin zu groß. Ich bin zu alt. Und da, wo die andern gekrault werden, hab ich eine Glatze. Aus meinem Schweinestall bin ich quasi rausgeflogen, dem einzigen Raum im Haus, in dem ich rauchen darf.

Durfte.

Ich gehe dann in den Garten, wo es regnet, und unterhalte mich ein wenig mit dem leeren Igelgehege, dem rostenden Fahrrad, der nassen Hängematte und einigen Nacktschnecken.

Ab und zu guckt der Nachbar übern Zaun, den es nicht gibt, sieht mich einsam traurig triefen, und dann fühle ich mich für ein paar Augenblicke wieder so, als gäbe es mich noch.

»Na«, fragt er, »wie geht's den Katzen?«

Von fünf Angsthasen

Na, so einsam bin ich auch wieder nicht. Ich hab ja die Katzen – und zwar ab 7.35 Uhr ganz für mich allein. Dann sind die Blagen aus dem Haus, und meine Gattin ist auf der Autobahn Richtung Kunst und Sport in Essen-Nord, und es ist alles so still und friedlich. Der Kaffee duftet, das Brötchen knuspert und die Zeitung knistert – und fünf erfreulich gräuliche Katzenkinder wieseln um mich herum und zerreißen die Zeitung leidenschaftlicher als jede Redaktionskonferenz. Und wenn sie nicht wieseln, sondern schlafen, dann, ich gebe es zu, schleiche ich streng verbotenerweise in den Schweinestall und sage laut: »Ähem!«

Und dann kommen sie angewuselt: die dicke Bertha, die flotte Lotte und Indiana Jones, der auf einmal so hieß und keiner weiß, warum. Jones ist der kleinste unserer Prachtjungs und -mädels, ist glücklich verliebt in meine nagelneuen Volleyballschuhe mit der dynamischen Gel-Ferse und hat einen kleinen dunkelgrauen Punkt auf dem Rücken, weshalb wir ihn – außer Bertha – prima identifizieren können und immer rufen: »Jones, Jones!«

Alle anderen heißen flotte Lotte.

Jones war übrigens der Erste, der in meinen Finger biss und ihn anschließend ableckte, wie Smilla das immer macht, nur ohne Beißen. So was verbindet. Jones hat auch als Erster den blauen Flickenteppich verlassen, Schritte auf den Fliesen riskiert und die drei Eiger-Nord-Stufen zur Küche überwunden. Indiana Jones ist ein Teufelskerl, handgroß. Ich hoffe schwer, dass sich Jan für Jones entscheidet, aber das verrate ich nur Ihnen.

Jones und die dicke Bertha üben übrigens ganz besonders hingebungsvoll das Anschleichen, Anspringen und Auf-den-Hintern-Fallen, und wenn sie einmal eine der Spielzeugspitzmäuse für zehn Stück dreifuffzig in den Krallen haben – dann ist der Schwanz schnell ab.

Bei einer allerdings blieb der Schwanz dran. Aber die fing auch einen Tag später übel an zu stinken. Sah genauso aus wie eine Spielzeugspitzmaus, war aber eine echte, nur mausetot, und weckte bei unseren Nachwuchskillern nur mäßiges Interesse. Smilla schleppt nämlich von ihren immer länger währenden Absenzen regelmäßig Mäuse an, lässt sie zwischen ihre Brut plumpsen und dann links liegen. Da wir uns bis heute standhaft weigern, dem Katzenexpertenrat folgend Filets aus Mäuserücken zu metzeln, ist für Smilla das Thema Mäuse quasi gegessen.

Die Kids kümmern sich auch nicht drum; sie nuckeln, was sie brauchen, bei Mama oder machen sich, und das immer öfter, über den Spezial-Hühnerbein-Möhren-Eintopf à la Kolumbusstraße her, den ihnen meine Gattin alle zwei Tage kocht. Mäuse? Igitt.

Und tote gleich gar.

Vorgestern kredenzte ihnen Smilla allerdings mit stolzgeschwellter Brust und Schwänzchen in die Höh' eine Mülheimer Spitzmaus, die es in sich hatte, das Leben nämlich, noch. Die piepste so spitz und schrill, wie nur Spitzmäuse mit Todesahnung piepsen können, und sauste, kaum auf dem Katzenkinderteller, schneller als die zweifarbige aufziehbare Feldmaus aus dem Rhein-Ruhr-Zentrum-Zoogeschäft durch den Schweinestall.

Ssssst!

Der einzige Instinkt, der da bei unsern kleinen Grauen geweckt wurde, war der Fluchtinstinkt: Statt begeistert ins Jagdhorn zu stoßen, fielen die Angsthasen fast in Ohnmacht. Und meine Frau auch. Unsere Halbvegetarierin (»Iiiiiiiiieh!«) spielte schon halblaut mit dem Gedanken, in der Kolumbusstraße 123 ein Mäuse-Friedensdorf einzurichten, und unser Vollfleischer tat cool, guckte aber intensiv nicht hin. Und Smilla war bis drei Uhr morgens nicht von meinem linken Volleyballschuh wegzukriegen, in den sich die Maus geflüchtet hatte.

Ich bin dann ins Bett gegangen, weg von Katz und Maus und hundemüde. Und am Morgen? Wollen Sie wirklich wissen, wie das ist, wenn man als passionierter Pessimist und staatlich anerkannter Morgenmuffel schon vor dem Frühstück die erste Leiche entsorgt?

Nein, das wollen Sie nicht. Und ich wollte das auch nicht. Aber so ist das eben mit Katzen, für mich, bei uns.

Ich wär so gern im Spitzmausloch

Da hab ich mich mit Mühe daran gewöhnt, dass kein Aas mehr mit mir spricht, außer über unsere Katzen. Und dann setzt Frau F. aus Wesel, lieb gemeint, noch einen drauf: Vier Seiten schreibt sie mir – über Spitzmäuse.

Über jene Speise also, die Smilla unseren fünf Angsthasen beinahe täglich serviert, ohne dass sie davon naschen. »Mit dem Essen spielt man nicht!«, haben wir einst unseren Menschen-Kindern eingetrichtert. Die haben natürlich trotzdem damit gespielt, aber immerhin anschließend davon gekostet. Nicht so unsere Katzenkinder – und Frau F., offenkundig kundige Biologin, weiß auch, warum: »Katzen werden niemals Spitzmäuse fressen«, schreibt sie, »sie schmecken ganz einfach nicht!«

Danke, liebe Frau F., danke für Ihren Hinweis, aber – das wusste ich bereits.

Allerdings schmecken auch salzlos gekochte Hühnerflügel mit Möhren nicht, genauso wenig wie Ost-Mülheimer Wühlmäuse oder Nasskatzenpamps aus der Aldi-Dose. Und die Katzen essen das trotzdem.

Hochinteressant ist es freilich, was Frau F. über die Spitzmaus an und für sich zu berichten weiß: dass sie (die Spitzmaus) seit gut 60 Millionen Jahren täglich »das Neunfache ihres eigenen Körpergewichts in Form von Schadinsekten, Würmern, Schnecken (!), aber auch jungen Wühlmäusen« verzehren muss.

Rein biologisch betrachtet, staune ich weiter, haben Spitzmäuse genauso viel mit echten Mäusen zu tun wie Fledermäuse. Als Insektenfresser wie etwa der notorische »Goldmull«, der gemeine »Schlitzrüssler« und der emsige »Rüsselspringer« sind sie nämlich dem Maulwurf und dem Igel verwandt.

Irre!

Entfernte Verwandte von Nicky Swieti Plischka-Bartel! Die das Neunfache ihres Körpergewichts essen (das schaff ich nicht mal in Italien), und sogar Schnecken! Und dann riechen sie auch noch, wie ich dem von Frau F. dankenswerterweise beigefügten Tierlexikon-Artikel entnehme, so durchdringend nach Moschus wie damals Tante Gretchen, bei der ja nun auch keiner anbeißen wollte.

Und solche Helden der Ökosphäre hätten unsere katzifistischen Kleinkillerdarsteller nach meinen überlebten Vorstellungen essen sollen! – Ich habe das Meucheln von Spitzmäusen augenblicklich untersagt.

Nur mit einem kann ich leider nicht dienen: Sollten sich, was ich vermute, unsere Katzen weiterhin nicht an das fünfte Gebot halten, dürfte sich kaum die Gelegenheit bieten, »eine noch lebende Spitzmaus zu retten«. Die meisten sind nämlich schon spitzmausetot, wenn sie angeliefert werden, und liegen dumm rum wie die schwanzlosen Spiel- und die kaputten Aufziehmäuse. Und die anderen, die zufällig noch leben, verschwinden irgendwie in diesem kleinen Loch neben der blauen Gartentür, von dem ich weder weiß, wer das da wann reingemacht hat, noch, wo es hinführt. Kann gut sein, dass sich bei uns zwischen Parterre und Keller ein Asyl für Spitzmäuse befindet.

Oder ein Riesen-Mausoleum.

Sei's drum. Mein Häuschen ist eh nicht mehr mein Häuschen. Und das nicht nur, weil Feng Shui bei uns wohnt. Der Schweinestall ist nicht mehr Katzenstall, sondern nur noch Klo, dafür wurde unser Wohn- zum Katzenzimmer mit Ko-Klo. Außerdem steht da, wo sonst als Raumteiler das Regal mit den Zeitschriften stand (überhaupt erstaunlich, dass so was Kleines wie unser Wohnzimmer teilbar ist), das Mordstrumm von Katzenbaum mit Kratzbast und Kuschelwippe. Die Katzen selbst pennen am liebsten neben schwanzlosen Spielmauskadavern, aufgeribbelter Wolle und gelben Ballermannstrohhalmen auf den Türschwellen zu Küche und Flur, damit man über sie stolpert, oder aber in den Körben der Bücherwand, in denen sich sonst Bild- und Tonkassetten aufhielten.

Zudem hat Jan zwischen dem fast aufgeribbelten roten Sofa und jenem Katzenbaum mit der rosa Gartentischdecke eine Art Katzen-Zirkuszelt gebaut, sodass jetzt 70 Prozent unseres Wohnzimmerchens für Menschen praktisch unbewohnbar sind.

Gehen kann man gar nicht mehr, sitzen nur noch am Esstisch, auf dem Smilla neuerdings die Chocochipsreste meiner Kinder schlabbert und die Milch umschmeißt.

Ich ertappe mich immer häufiger dabei, immer sehnsüchtiger zu gucken. Und zwar auf das einladende, garantiert katzenfreie Spitzmauseloch neben der Gartentür.

Tschüss, Elfriede, mach's gut!

Elfriede ist weg. Elfriede Bartel, Tochter der Smilla Bartel, geborene Heavy Metal aus dem Münsterland, wohnhaft in der Kolumbusstraße 123 zu Mülheim an der Ruhr, und des – echt keine Ahnung.

Elfriede ist jetzt bei Doris und vor allem Tim, der schon immer eine kleine, graue Katze haben wollte, weil er einen Hund hat. Und zwei Papageien.

Elfriede Bartel war ein wohlgeratenes Kind: blaugrau, sanft getigert, samttatzig, ein bisschen heller als die Geschwister, wenn auch nicht ganz so hell wie Earl Grey. Elfriede verließ die Kolumbusstraße 123 an einem unfreundlichen Novembertag, als das Orkantief »Nicole« und sein Randtief »Oratia« gerade England versenkt und das westliche Nordrhein-Westfalen angepfiffen hatten, in einem Weidenkörbchen wie Moses. Sonst gibt es keine Parallelen.

Elfriede war das Erste der vier Katzenkinder, die wir abgeben wollten. Sollten. Mussten. Indiana Jones bleibt. Indiana Jones ist der Mickermann des Wurfs. Indiana Jones konterkariert komplett die Warnung im Katzenbuch, das alles besser weiß und wusste: auf gar keinen Fall die kleinste Katze eines Wurfs behalten! Lieber die schönste. Oder die dickste.

Indiana Jones Bartel bleibt. Jan will es so. Weil Jones klein ist. Weil er schielt. Weil er struppig ist. Weil er vermutlich das Katzenbaby ist, das nach dem Kaiserschnitt reanimiert werden musste. Weil er der Erste war, der die Küche erkundete, die drei Treppen zum Wohnzimmer überwand und auf dem roten Sofa beim Fernsehgucken in der Halskuhle schnurrte, zuerst bei Jan. Zuerst bei Rosa. Zuerst bei meiner Gattin.

Dabei schnurrte er zuallererst bei mir.

Elfriede ist also weg. Würden wir zum Alkoholismus neigen, hätten wir uns schon eine Woche vor ihrem Exodus kollektiv betrunken, um den Phantomschmerz zu lindern. So blieb es bei bangen Gedanken: wie kläglich Elfriede in ihrem neuen Heim, unbekannt und fern, nach ihrer Mama, meiner Frau und ihren Geschwistern miauen würde.

Wie kläglich Smilla, Kinder kurz durchgezählt und eins vermisst, nach ihrer verlorenen Tochter miauen würde.

Wie kläglich wir miauen würden, wenn nicht fünf, sondern nur noch vier Katzenbabys unser rotes Sofa aufribbeln, um drei Uhr morgens auf unsern Bettdecken veitstanzen und nach dem Frühstück Frühstückstassen vom Frühstückstisch schmeißen.

Tim wollte aber nun mal Elfriede, ausgerechnet Elfriede. Es hätte jede andere kleine Katze sein können – außer natürlich Indiana Jones, der dicken Bertha, Earl Grey oder der flotten Lotte. Und Elfriede natürlich. Aber Tim wollte Elfriede, und nu ist sie weg.

Elfriede ist als Erste von uns gegangen, weil sie vor die Hunde geht, das heißt: in einen Haushalt mit Hund kommt. Und weil Hund und Katz, solange sie noch nicht wissen, dass sie's sind, und solange die Katz »Welpenschutz« genießt, Freunde werden können, echte Freunde, nicht so was wie Geschwister. Dann lernen sie nämlich die Katzen- und die Hundesprache: dass, wenn wer wedelt, er sich wohlfühlt und nicht kribitzig ist; dass, wenn wer schnurrt, er schnurrt und nicht knurrt. Und all das, was zwischen Hamborn und Jerusalem so oft zu so schrecklichen Missverständnissen führt. Nach drei vollen Monaten ist nämlich laut Katzenbuch der Welpenschutz dahin und die Katze fürs Multikulti verloren.

Tschüss, Elfriede.

Arme Elfriede.

Elfriede hat, wir haben abends schon telefoniert, kaum dem Weidenkörbchen mit Hundedecke entstiegen, sofort das Haus besetzt, Schwänzchen hoch. Hat die Wohnung durchkämmt wie der weiße Hai den Triathlon-Wettbewerb vor Florida, ein paar Blumenvasen umgeschmissen und sich auf die Hundedecke gefläzt. Und den Riesenhund, immerhin einen Schäferhundmischling, dermaßen angefaucht, dass der spontan beim Essener Tierheim einen Asylantrag gestellt haben soll.

Jetzt sind wir beruhigt: Smilla kann offenbar nicht zählen. Und unsere Elfriede, unsere puschelige, halbhellgraue Elfriede, heißt nicht mehr Elfriede. Sie heißt jetzt Marlene.

Auch schön, oder?

Jetzt ist Bertha auch noch weg

Wissen Sie, das ist wie bei den zehn kleinen Negerlein, nur nicht mit zehn und ganz ohne Negerlein, sondern mit Katzen. Da waren's nämlich nur noch vier, am vergangenen Wochenende: Smilla, Indiana Jones, Earl Grey und die flotte Lotte. Denn nach Marlene, vormals Elfriede Bartel, ist jetzt auch die dicke Bertha weg, ausgerechnet die dicke Bertha.

Die dicke Bertha wird es gut haben, bestimmt wird sie es gut haben, wir müssen uns nicht sorgen. Die dicke Bertha kommt zu Ann-Kristin, die fast der Schlag getroffen hätte vor Glück; denn Ann-Kristins Papa, dem Ann-Kristin, wie ich durchaus zu meiner Freude vernahm, jeden Samstagmorgen im Bett die neueste Kolumbus-Katzengeschichte vorliest, hat bis zuletzt Ann-Kristins Zuhause katergorisch zur katzenfreien Zone erklärt. Und ihr, trostweise, eine schwarze Strickkatze aus Ostdeutschland geschenkt, mit der sie immer öffentlich kuschelte wie mit einem Zaunpfahl.

Seitdem gab es nur zwei Möglichkeiten: Entweder würde die schwarze Strickkatze aus Ostdeutschland vor lauter Herzen und Küssen lebendig, oder sie bekommt Bertha.

Ja, Bertha wird es gut haben. Gut, wir haben geschnieft und (heimlich) gesagt: »Ach Bertha, du arme, dicke Bertha!« Aber sie wird es gut haben bei Ann-Kristin. Und sie wird immer unsere dicke Bertha bleiben, die dicke Bertha, obwohl sie gar nicht mehr unser und dick ist, sondern irgendwie so mittel zwischen Lotte und dem kleinen Jones. Aber sie wird weiter Bertha heißen, nicht so wie Elfriede, die jetzt Marlene heißt. Das ist doch schon was.

Die dicke Bertha heißt jetzt »dicke Bertha-Lilly Grobe-Weinstock von Bartel«, und das ist nun wirklich einer der schönsten Katzennamen, die ich je gehört habe.

Tschüss, Bertha (usw.)!

Fast tschüss, jedenfalls.

Natürlich hat Ann-Kristin noch am Tag der Übersiedelung in der Kolumbusstraße angerufen: Bertha (usw.) habe während der Autofahrt miaut, und das laut (oh!). Aber dann schneller von der neuen Heimat Besitz ergriffen als Kolumbus von Amerika (ah!), und, während die Familie begeistert drumrumsaß und ah und oh sagte, getrunken und gefressen (nagottseidank!) und sogar – geschnurrt (nichtendenwollender Beifall!).

Am anderen Morgen erfuhren wir, dass sie friedlich im Menschenbett geschlafen habe, zuerst in der Besucherritze, dann hinterm Kopfkissen.

Und am Abend fragte Ann-Kristins Papa, den wir doch so lange und aus guten Gründen als vernünftigen Menschen schätzten, ob wir nicht vielleicht eventuell noch ein zweites Kätzchen …?

Nein …?

Nei-hein!

Smilla maunzt übrigens seit einiger Zeit und stromert unruhig im Hexenhäuschen herum, und wir machen uns Sorgen, dass sie vielleicht doch zählen kann, zehnkleinenegerleinmäßig. Könnte ja sein, bei Smilla. Allerdings hört das mütterliche Maunzen sofort auf, wenn meine wundertätige Gattin damit beginnt, nach dem zweiten Au-Miau »Ja, Smilla« zu sagen, und dann weiße oder graue Spielzeugmäuse quer durchs Wohnzimmer oder die lila Treppe hochschmeißt.

Dann macht es nämlich immer »Purr« und holterdipolter, und Smilla jagt die Spielzeugmaus. Fängt sie (»Purr!«), ermordet sie und – legt sie brav unser aller Leitkatze zu Füßen.

Und dann miaut sie bernsteinfarben, bis meine Frau (»Such, Smilla! Such das Mäuschen!«) wieder Mäuslein schmeißt, holterdipolter.

Ja, Smilla kann apportieren wie andere Hunde auch. Könnte es sein, dass uns der bürgerliche Britisch-Kurzhaar- und

Kartäuserzüchter aus dem Münsterland jenen Teil des hochadligen Katzenstamm- und -kratzbaums verschwiegen hat, gegen den einmal ein Hund sein Bein erhob? Wir wissen es nicht, wir staunen nur.

Als Nächstes verlässt uns übrigens die flotte Lotte.

Ausgerechnet Lotte.

Ist BSE im Rübenkraut?

Ist es noch Tollheit, oder hat es schon Methode? Inder-Kinder-Rinder: Jede Woche wird eine neue Sau durchs globale Dorf getrieben, und sei es eine Kuh. Und wir in der Kuhlumbusstraße sind mit dieser Kuh auf du und du. Sie kommt zwar nicht mehr auf den Teller, natürlich nicht, aber sie sitzt doch ständig mit uns am Tisch.

Meine liebreizende Tochter war ja bekanntlich vorher schon praktizierende »Halbvegetarierin«. Sie isst jenseits der Grillsaison eh nichts, das als Kind »süß« ist oder das man ggf. streicheln kann oder das mal atmete, außer Puten, weil die nun wirklich potthässlich sind, wie wir neulich im Oberhausener Kaiserpark aufs schönste haben zeigen können:

»Hässlich, hässlich, du bist hässlich!«, riefen wir heiter hänselnd ins Heimatkundegehege und schnitten irre fiese Fratzen, damit der blöde Riesen-Puter sich ärgert, und wir kriegten alle vier knallrote Köpfe davon, er aber nicht.

Das war lustig und rettet zumindest einen traditionellen Sonntagsbraten, von dem unsere Tochter, fleischfeindliches Fleisch von meinem Fleische, aber zumindest die Soße gegessen hätte.

Leider kriegt jetzt auch mein Sohn, der fundamentalistische »Vollfleischer«, solche ernährungsethischen Anwandlungen. Er isst zwar nach wie vor Schinken, Schnitzel oder Lammfrikadellen, praktisch alles, was auf den Tisch kommt, außer Gemüse, Käse und Butterbrote – aber er fragt jedes Mal vorher mit Stirnfalten: »Ist da BSE drin?«

Meine Gattin ist dann immer kurz vorm Kinderwahn. Ob der Herr Schlauberger denn glaube, dass seine Mutter verrückt sei? Ob er denn ernsthaft erwarte, dass sie an ihn oder Rosa Dinge verfüttere, die krank machen?

Ihr selbst ist dann natürlich der Appetit gründlich verdorben, während der kleine Satan zufrieden in den Braten beißt und zum Beispiel seine sensible Schwester fragt, ob sie denn *ganz* sicher sei, dass in ihrem Rübenkraut und dem Bienenhonig und ihrem geliebten Nutella nicht auch …

Echt kuhl, oder?

Wir waren natürlich im Öko-Laden, und seitdem wissen wir zuverlässig, dass das »Öko« von »logisch« kommt und auf keinen Fall von »nomisch«. Wir haben bisher unbeleidigte Gänseleberwurst gekauft, weil in unserer Familie vereinzelte Fälle von deftigem Leberwurst-Entzug aufgetreten waren. Was soll ich sagen? Sah aus wie Leberwurst, schmeckte auch so ähnlich, aber die Konsistenz – mal ehrlich: *bäh*. Der Gaumen isst ja schließlich mit, oder?

Das Auge übrigens auch, das haben wir bei der Öko-Mortadella gemerkt. Die sah aus – also aus sah die: Die sah nicht aus wie Mortadella. Die sah gelblich aus wie Gelbwurst, die wir nicht mögen und die, wer weiß das schon, vielleicht rindgefährlich ist. Das liegt, klärte uns der Öko-Verkäufer auf, an der Lebensmittelfarbe, die *nicht* drin ist. Und es sei fast immer die Lebensmittelfarbe in Wurst und Co., auf die wir hereinfielen. Ohne Lebensmittelfarbe sei die Wurst quasi ungeschminkt. Toll. Nur wie sie schmeckt, wissen wir nicht, eben weil das Auge auch mitisst.

Und weil unsere Augen in den kollektiven Hungerstreik traten.

Smilla und Indiana Jones fressen übrigens seit zwei Wochen fast ausschließlich das rote Sofa und Thunfischpamps. Und das auch nur, weil wir unsere Tochter schließlich doch davon haben abhalten können, unsere schnorrenden Schnurrer komplett auf Salätchen umzustellen. Und alle haben wir mehr Fragen als Antworten:

Gibt es Mäusewahnsinn?

Gibt es Katzenwahnsinn?

Gibt es noch ernsthafte Einwände gegen das Volksbegehren

meiner Kinder, sich ausschließlich von Pommes, sauren Stangen und Schokoladeneis zu ernähren?

Gibt es einen Kuh-Klux-Clan?

Nach wie vielen Minister-Rücktritten kann man eigentlich wieder Rindfleisch essen?

Nimmt man von Rinderwahn eventuell ab?

Und: Können Sie darüber lachen, so furchtbar, wie das alles ist?

Oder ist Ihnen alles wurscht?

Rrrrrrrrrrrrrrrrrrrrr …!

Sie haben's gut. Sie müssen bloß was über unsere Katzen lesen; ich aber muss sie füttern. Ich zahle für Katzenstreu und Wurmkur de luxe, ich, ich, ich lebe in unserem Hexenhaus mit dem dumpfen Duftgemisch aus Katzengulasch, Katzeklo und unauffindbarer Spitzmausleiche; unter meinen Schuhen knirscht die Katzenstreu und piekst es durch die Socken, und das, was ich mal sacht über jenes rote Geribbel andeutete, was einmal unser schönes rotes Sofa war, das stimmt.

Alles zusammengerechnet wäre ich wohl doch mit einem Pferd billiger weggekommen.

Tja, aber nun sind – bis auf Indiana Jones und Smilla natürlich – alle, alle Katzenkinder längst aus dem Haus, und sehen Sie nur, wie die Tränen auf meinem Krokodilsgesicht glänzen! Rosa und Jan und sogar meine Gattin haben alles ziemlich cool aufgenommen.

Dafür spinnen jetzt die andern: Bei Bertha-Lillys neuer Familie schrillten schon nach vier Tagen die Alarmglocken – weil Bertha-Lilly verschwunden war. Zwei Stunden lang suchten Ann-Kristin und Co morgens nach Bertha-Lilly Grobe-Weinstock von Bartel, so wie wir nach Nicky Swieti Plischka-Bartel. Und die Katze war genauso weg wie einst der Igel.

Also nicht unterm Sofa.

Also nicht hinterm Schrank.

Also nicht im Keller, sondern: weg.

Das Drama endete noch nicht in Ann-Kristins Schulklasse, wo Ann-Kristins leicht hyperventilierende Mutter in den Unterricht platzte, um, letzte winzige Hoffnung, in Ann-Kristins Schulranzen nach Bertha zu gucken. Das Drama endete erst, als sie entmutigt die Wohnungstür aufschloss und: Rrrrrrrrrrrrrr …!

Katzenwahnsinn.

Dem ist jetzt auch mein Freund und Kollege T. O., Vater der kleinen Hannah, anheim gefallen. Der Mann, müssen Sie wissen, ging früher einmal jährlich in den Zoo, nur um sich davon zu überzeugen, dass all diese bissigen und stinkenden Viecher hinter Gittern sind. Den Rest der Tierwelt kannte er praktisch nur vom Teller, sonst stand der da echt drüber. Aber nun hatte sich seine Hannah halt in die flotte Lotte verliebt. Und dann schickte er, notorischer Freund harter Nachrichten, butterweiche Blubber-Bulletins etwa folgenden Inhalts:

»Lotte, die jetzt Fine heißt, hat offenbar was gegen unser Katzenklo.« »Lotte, äh, Fine isst so wenig.« »Schlaft ihr schon? Wollte nur sagen, sie isst jetzt doch!« »Fine, also eure Lotte, liegt gerade neben mir auf dem Sofa und lässt sich kraulen …«

Ach, ja?

Toll.

Und dass Fine gern an Menschenfingern lutscht? Und dass Hannahs Mama zart angedeutet hat, dass man sich mittlerweile durchaus vorstellen könnte, dass Fine, wenn sie größer sei, auch mal kleine –

Ichsagmalliebernix.

Von Earl Grey hörte man lange nichts, seitdem Fritz und seine Oma mit der Katzenkiste kamen, den mausgrauen Bilderbuch-Kater verluden und bei Oma zwischenlagerten, weil ein Herr im Hause Fritz an einer Katzenhaarallergie leidet. Drei Wochen ging das gut. Dann wollte Fritzens Mama nicht immer zu Fritzens Oma fahren, um Fritz zu sehen. Also zog Earl Grey zu Fritz, Fritz war glücklich, Oma traurig und die Katzen-Allergie erfolgreich in eine ganz normale Hausstaub-Allergie umgetauft worden.

Hatschi.

Gesundheit.

Wen vergessen?

Elfriede! Elfriede, die als Erste von uns ging, im traurigen Monat November war's! Elfriede, die als Marlene zu einem großen, großen Hund zog, der daraufhin sozusagen auf den Hund kam und schrumpelte! Elfriede, die immer dicker und fetter wurde, weil sie dem armen, armen Hund immer den Napf leerfraß! Elfriede, die aber auch ihrerseits auf den Hund kam, weil der für einen Hund ganz nett und zudem warm ist, und sich nachts mit ihr ein Körbchen teilt. So liegen sie denn paradiesisch beisamm, Hund und Elfriede, Löwe und Lamm.

Wir planen übrigens ein Familientreffen. Da wollen wir alle gut geratenen Katzenkinder mit Anhang in die 123 einladen, damit sich die Geschwister mal wieder sehen und ein bisschen klönen können, so bei Maus und Milch am Katzentisch. War schließlich ein großer Wurf, unser Wurf.

So was nennt man Running Gag

Ihnen kann ich es ja sagen:

Ich jogge!

Selbst!

Gut, ich bin früher auch schon mal gejoggt, querfeldein und querfeldaus durch Gottes freie Natur – aber natürlich nicht zu Fuß.

Aber jetzt jogge ich.

Ich habe mir Lauflernschuhe mit luftdynamischer Hydro-Ferse und gehnialer Gelsohle für Bitumen- und feuchte Mischwege gekauft. Das klappte allerdings erst, nachdem mich meine kluge Gattin schonend darauf vorbereitet hatte, dass es heute schon fürs Linksrum- und fürs Rechtsrumlaufen verschiedene Schuhe gibt und nicht bloß mit drei Streifen.

Außerdem musste ich dem Einkauf im Sportschuhgeschäft einen zweiwöchigen Crashkurs in Dynamiker-Englisch vorschalten. Aber als mir schließlich der Lauflernschuhfachverkäufer im Rhein-Ruhr-Zentrum den Unterschied zwischen schnell walken, rennen, laufen und joggen erklärt hatte, ging's.

Dreimal bin ich schon gejoggt, in oller, schwarzer Bollerhose, die ich trage, damit mir nicht auch noch die Kosten davonlaufen, und den voll krassen neuen Schuhen. Der Grund für meine Joggerei sind natürlich die Kalorien, die ich nicht anders verrannt bzw. verbrannt kriege. Und bevor ich mich gar nicht mehr bewegen kann oder nur noch rumkugel, geb ich mir lieber selbst den Laufpass.

Was soll ich Ihnen sagen: Die Welt ist eine andere geworden. Wer morgens um kurz vor acht Uhr statt beim dampfenden Kaffee zu sitzen hinaus in die schubberige Saukälte tritt, um sich zu beweisen, dass er eine Flasche ist, nur leider keine Sauerstoffflasche, der erlebt die Welt anders. Da sieht er Mitmenschen, die sah er nie. Einige darunter sind Schulkinder, allein und in Gruppen und von leicht säuerlichem Angstgeruch umwölkt, und sie erinnern den sein Selbstmitleid hinauskeuchenden Neu-Läufer mit ihren verkniffenen, morgennebelgrauen Schlechte-Laune-Gesichtern aufs erheiterndste daran, wie schön das Leben ist, seitdem man keine Mathearbeiten mehr schreiben muss.

Die meisten Morgens-vor-acht-Menschen aber haben eine lange Leine in der Hand, und das dicke Ende kommt bestimmt gleich aus dem Busch und bellt. Das sind Dertutnixe. Die anderen sind auch Dertutnixe, aber ohne Leine. »Der tut nix!«, schallt es dem Jogger entgegen, »der will nur spielen!« Und da möchte der Jogger natürlich antworten: »Und ich, Verzeihung, will nur joggen, nehmen Sie also bitte Ihren Hund aus meiner Wade!« Aber dazu hat man natürlich weder die Geistesgegenwart noch die rechte Luft. Also presst man ein kurzes defätistisches »Mcht dch nx« hervor und japst weiter, sorgsam darauf achtend, nicht andere Hunde über den Haufen bzw. Haufen über den Hund zu rennen, Sie wissen schon.

Und während man so dahinhechelt, gehen einem sehr merkwürdige Gedanken durch den Kopf: dass es eines Tages, wenn die Welt noch ein bisschen mehr übervölkert, Tag- und Nachtmenschen geben wird, die sich nie begegnen werden. Und dass das, was man sich da gerade Schritt für Schritt antut, auf keinen Fall gesund sein kann; dass die Seitenstiche bergauf ein prima Kapitulationsgrund wären; dass man sich schließlich nicht ins dritte Jahrtausend durchgekämpft hat, um nun Entfernungen über 150 Meter zu Fuß zurückzulegen; und wo, zum Henker, jene in Massen ausgeschütteten körpereigenen Glückshormone bleiben, die einen angeblich kurz vorm Kollaps so lustig stimmen!

Belogen und betrogen! Ich bin belogen und betrogen worden! Es gibt keine Glückshormone, in meinem Körper nicht, und wenn doch, dann sind sie mir bei der Rennerei aus dem keuchenden Rachen gefallen. Aber Krämpfe, die gibt es: keine Waden, aber Krämpfe, stellen Sie sich das mal vor!

Ach, was habe ich früher die Jogger verspottet, und jetzt? Kriege ich mein Fett weg, ein laufender Anachronismus, der Running Gag der Heimaterde! Mir ist das alles schrecklich peinlich.

Und sollte Ihnen morgens nahe der Kolumbusstraße mal einer mit schwarzer Bollerhose, rotem Gesicht und geilen Schuhen entgegenstraucheln, tun Sie mir, bitte, einen Gefallen: Grüßen Sie mich nicht!

Es ist Fast-Zeit

Damit wir uns nicht missverstehen: Ich war schon als Kind eher scheu und bin heute aufgrund einer Verkettung glücklicher Umstände zufrieden mit Frau, Kindern, Katzen und einem Eminem-Poster im Flur. Aber Kontaktanzeigen liebe ich trotzdem. Vielleicht, weil ich jetzt in dem Mittel-Leben bin, nach dem ja nicht umsonst eine Krise benannt wurde, und das heißt: ein bisschen zu alt für neue Kontakte und ein bisschen zu jung für die Todesanzeigen.

»Nach einer großen Enttäuschung suche ich, 21, usw.«

Wunderbar! Ich lese diese sprachlich verführerischen Text- und Lebenskonzentrate immer mit dem größten Vergnügen: Das ist wie ein Container voller Exhibitionisten für Voyeure nachts bei Stromausfall. Und ich überlege mir manchmal, was sich vermutlich die meisten überlegen, wenn sie in den stubenreinen Anzeigen stübern: *Was würde ich da wohl selbst reinschreiben, jetzt, über mich?*

Natürlich ohne groß anzugeben und nur unter Chiffre.

Tjaaaaa …

Habe ich keine anderen Sorgen? Nein, glücklicherweise nicht, und wenn das die Midlife-Crisis sein soll, dann bitte mehr davon! Der Beruf lässt sich ertragen, die Familie erträgt mich, den Katzen hängt Sofakauen zum Hals raus, und in unsere apulische Olivengarage ist schon wieder mal nicht eingebrochen worden. Fortuna hält mich also fest in Maul und Klauen, und meine einzige Lebensperspektive ist ein großes emphatisches Verweiledoch.

Naja, fast.

Es ist Fast-Zeit, und ich bin amtierender Mülheimer Rekordhalter im Dauerfasten.

Fast.

Ich stehe morgens immer häufiger vor der dämmernden

Erkenntnis, es könnte mein Leben noch einen Tick glücklicher machen, in sportlicher Kleidung am warmen Frühstückstisch zu sitzen und Brötchen mit dick Butter zu essen, statt draußen rumzuhecheln. Zumal in einem Lenz, der mit Schnee schmeißt! Und zumal ich jetzt gehört habe, dass der Körper erst ab 25 Minuten überhaupt jene Jahresringe abbaut, die er erstaunlicherweise schon innerhalb eines Tages anlegt, und zwar um die Hüften. 25 Minuten! Nach 25 Minuten esse ich gerade mein zweites Brötchen unter Protest nicht!

Obwohl: Picasso hat mal auf die Frage, wie lange er für dieses Bild da gebraucht habe, geantwortet: »80 Jahre!« Oder so ähnlich. Und da denke ich, dass ich meine mentale Vorbereitung aufs Rumjoggen ebenso gut draufrechnen kann. Wenn ich zum Beispiel wach werde, schweißgebadet (Kalorien!), und ich denke panisch: »*Mathearbeit?*« Und dann erleichtert: »*Nee!*« Und dann: »*Aber Joggen! Auch furchtbar!*« Und erst später wieder einschlafe, da komme ich auf viele Stundenkalorien durch Vorjoggen und finde das gut, denn man muss ja seine Form wahren und will auf gar keinen Fall in eine Kontaktanzeige hineinschreiben müssen: »*Und wenn du fünf Kilo Hüftspeck magst ...*«

Es ist wie das Zusammenleben der Rheinländer und Westfalen laut Jürgen Becker: furschbar, aber 't jeht.

Fast. Ich bin jetzt zwar wegen viehwirtschaftlicher Appetitverderbung, Insgrasbeißung aus Gesundheitsgründen und Rumjoggens ein wieder auf 79,7 Kilo abgeschwollener Fast-44-Jähriger, der sich nach dem Joggen wie ein 54-Jähriger fühlt, der sich wie ein 64-Jähriger fühlt, der sich wie ein 74-Jähriger fühlt, der nicht freiwillig 84 werden will. Einer, der sich jeden Morgen tierisch darüber aufregen kann, dass er bei seinem selbst verleugnerischen Rumgerenne bei Saukälte auch noch Übergewicht mit sich rumschleppen muss, statt ein paar Pfund gutgeschrieben zu kriegen, was nur gerecht wäre.

Und dazu einer, der, falls er denn des Rinderwahnsinns fette Beute würde, sinnlos äste und wie ein tumber Trimm-Trab-Trottel durch die Mülheimer Topographie taumelte, knallrot, von Höllenhunden gehetzt und keine Sekunde ernstlich daran glaubend, das könnte gesund sein!

Stellen Sie sich einen Moment lang meinen Ärger vor, dieser ganze Wahnsinn wäre nicht nur ein Wahn!

Überlegen Sie mal: alt, fett, fast kahl, vegetarisch, hysterisch, zum ewigen Joggen verdammt, ein wiegender Holländer, und, wenn ich länger drüber nachdenke, äußerst schlecht gelaunt. Und dann müsste ich mich, wenn ich Pech hab und statt Rosinen auf einmal Prionen im kochenden Kopf hätte, auch noch von meinem Hirn verabschieden: meinem Waschbretthirn! Dem einzigen Organ, das wenigstens noch einigermaßen so funktioniert, wie es soll!

Was könnte ich denn dann noch Positives in so eine Kontaktanzeige schreiben?

»*Jogger.*«

Na, bravo.

Wenn die Kat-Sen Hat-Chi sagen

Jedes Jahr zu Ostern gibt es in der Redaktion einen lustigen Wettstreit darum, wer aus den Neuerscheinungen das überflüssigste Buch herausfischen kann.

Kollegin Haase – zum Beispiel – favorisiert traditionell Titel wie »*Menschen essen Menschen*« und stellt den Mords-Schinken über Kannibalismus in die Küche zu ihren anderen Kochbüchern.

Kollege Dirksen empfiehlt derzeit »*Wenn man im Himmel nicht rauchen darf, gehe ich nicht hin*«.

Die Volontärin hält es eher mit »*Wenn Männer reden könnten*« aus dem (ha!) Scherz-Verlag in München.

Gewinnen aber werde ich mit Alison Daniels' »*Feng Shui für Katzen und ihre Menschen*«, Untertitel: »*Der gemeinsame Weg zum harmonischen Leben*«. Da werden wir, die wir uns daran gewöhnt haben, dass deutsche Möbelhäuser bereits Feng-Shui-Verkäufer einsetzen, belehrt, dass Katzen »großartige Feng-Shui-Meister« sind, und zwar »dank ihres sprichwörtlich siebten Sinns«.

Mäusekacke!

Abgesehen davon, dass sie nicht lesen können, haben Smilla und Jones keinen »*sprichwörtlich siebten Sinn*«. Smilla und Indiana Jones können kein Feng Shui, sie sind bloß unglaublich verfressen und riechen durch sieben geschlossene Türen, wenn eine Dose Katzenpamps geöffnet wird. Und wenn sie, wie Frau Daniels behauptet, wirklich ein dolles Gespür für negatives Chi hätten, dann würden sie weder meinen Lieblingssessel zerfetzen noch nachts über mein Bett hopsen. Denn negativer als mein Chi nach einer Schlafstörung um drei Uhr morgens kann so ein Chi nicht sein, das sag ich Ihnen. Darum ist es auch dummes Zeug, zu behaupten, sie seien »*in der Lage, allein durch ihre Anwesenheit dem negativen Chi entgegenzuwir-*

ken«. Das Gegenteil ist richtig: Das können sie ausschließlich durch ihre Abwesenheit.

»*Kaum zu glauben*«, schreibt Frau Daniels, als hätte sie gerade mit Jack Daniels, der Flasche, durchgefeiert, »*aber während Sie den Eindruck haben, Ihre Katze habe sich an ihrem Lieblingsplatz zusammengerollt, um seelenruhig ein Schläfchen zu halten, leistet sie Schwerstarbeit für Ihr Wohlergehen!*«

Richtig: kaum zu glauben. Und dass Schwerarbeiterin Smilla oder ausgerechnet Penner Jones mir die Stellen im Haus zeigen, an denen ich mich nicht lange aufhalten sollte (»*es sei denn sitzend, arbeitend oder zum Schlafen*« – wie denn sonst? Fliegend?), glaub ich auch nicht. Und, sehr geehrte Frau Daniels, ob ich damit meine Katze eventuell »ausnütze«, ist mir so was von schnurz.

Obwohl …

Die Vorstellung, dass unsere Kat-Sen, wenn sie zu dösen scheinen, aber in Wahrheit schlafen, gerade dabei sind, »*der negativen Energie der Giftpfeile entgegenzuwirken, die von den horizontalen Linien der Holztreppe ausgehen*«, diese Vorstellung behagt mir durchaus: Tun die mal was für ihr Geld, die Biester. Zwar liegen auf unserer lila Holztreppe vorwiegend entschwanzte Spielmäuse, appe Osterhasen-Ohren und Stöpsel-Pfeile von Jans geliehener Armbrust rum, und giftig werde ich nur, wenn ich drauftrete; aber ich möchte schon ganz gern dran glauben, dass Smilla, wenn sie sich wieder wie eine Kami-Katze unter ein Auto stürzt, keinen Selbstmord übt, sondern nur dem CO_2-Chi beim Ein- und Ausströmen zuguckt. Und dass Jones, wenn er wie vom wilden Rind gebissen rumtollt, jede Menge »träges Chi« aufwirbelt, das da am Boden störte. Ich würde es gern das Hat-Chi nennen.

Aber warum schmeißen sie Blumenvasen von der Fensterbank? Warum zerfetzen beide nachts unschuldige Klopapierrollen? Ist das Feng-pfui? Warum stürzt sich Jones auf jedes Blatt Papier, auf das ich zu schreiben versuche? Spielt er

Buchstabenfangen? Das weiß ich nicht, und Frau Daniels weiß es erst recht nicht.

Aber jeder ist auf Gottes Erde zu was nutze, und sei es als abschreckendes Beispiel. Frau Daniels zum Beispiel schreibt klipp und klar: »*Zu viel Krimskrams kann den Fluss des Chi blockieren. Falls Ihre Katze ständig um einen voll gestopften Bereich Ihres Heims herumstreift, kann es an der Zeit sein, ordentlich auszumisten.*«

Danke, Frau Daniels, danke für den Tipp!

Der mit Abstand voll gestopfteste Bereich in unserem Hexenhäuschen sind – die Buchregale! Die biegen sich vor Büchern und gehören wirklich mal ausgemistet, und ich weiß auch schon, mit welchem Buch ich anfange …

Ich will nur spielen!

Den Katzen geht es so weit gut. Indiana Jones kann bestimmt bald genauso schön schwanzlose Spielmäuse apportieren wie Smilla, schläft aber nicht mitten auf der Treppe, damit man sich beim Drüberstolpern den Hals bricht, sondern aus noch ungeklärten Gründen im Waschbecken oder auf Menschengesichtern. Der verrückte Jones ist ein bildschöner Bastard, jetzt schon ein Stückchen größer als Smilla. Ob er bereits Heimaterde-Katzen geschwängert hat, wissen wir nicht. Meine Frau glaubt das nicht. Sie hält ihn für einen anständigen Jungen. Ich sage dazu nix.

Vom Joggen gibt es auch nichts zu berichten, außer jener kleinen Begebenheit am Wegesrand, an dem zwei Frauchen mit zwei Dertutnixen auf mich warteten. Frauchen machten dabei Gesichter, als wollten sie sagen: »*Von dem keuchenden Kerl da in der ollen schwarzen Bollerhose könnte sich mein Heinz gut mal eine Scheibe abschneiden!*«

Ihre Dertutnixe dagegen machten Gesichter, als wollten sie von mir und meiner Bollerhose eine Scheibe abbeißen. Bevor es aber dazu kommen konnte, rief ich allen vieren freudig entgegen: »*Ich tu nix. Ich will nur spielen!*«

Die Gesichter, die sie dabei machten, hatte ich noch nie gesehen. Vor Lachen kriegte ich Seitenstiche, musste anhalten, ging zu Fuß nach Hause und beendete meine Joggerkarriere für alle Ewigkeit.

Basta.

Aber kennen Sie das mit dem »guten Cop« und dem »bösen Cop«? Kennen Sie aus 'm Fernsehen: Da sitzt immer ein Gangster (oder ein Justizirrtum) seit Stunden in der kargen Zelle und soll was gestehen.

Irgendwas halt, am besten ein Verbrechen.

Damit er sich besser erinnern kann, brüllt ihm ein Polizist, der seinen Schlips gelockert hat, immerzu ins Ohr, rauft sich die Haare, haut auf den Tisch und droht schwitzend mit Sing-Sing, wo er sitzen kann, der Gangster, bis er schwarz wird und schon sehen wird, was er davon hat.

Das ist der böse Polizist.

Während der böse Polizist sich Richtung Herzinfarkt tobt und der Gangster (oder Justizirrtum) – »Pöh!« – immer trotziger schweigt, kommt ein anderer Polizist daher und schenkt ihm eine Zigarette.

Das ist der gute Polizist.

Ja, und bei uns zu Hause ist das manchmal genau dasselbe, nur ohne Gangster, ohne Polizisten, ohne Sing-Sing und (natürlich!) ohne Zigarette. Und wir nennen das arbeitsteilige Kindererziehung. Die ist hochmodern und passiert zum Beispiel, wenn Rosa mit Anke verabredet ist, was sie aber vergessen kann, solange unter Papas gestrengen Augen die verdammten Matheaufgaben nicht fertig sind. Und wenn 20 Minuten lang über »sooo'n Berg« Hausaufgaben gejammert wird, statt denselben in zehn Minuten abzutragen. Oder wenn sich Jan, fünf Minuten vor endgültig-zu-spät-zur-Schule, schon seit einer Viertelstunde die Socken anzieht.

Ja, Geduld ist eine Tugend. Meine Gattin hat davon reichlich. Vor allem, wenn grade ich mit dem Erziehen dran bin. Und ich persönlich bin für meinen Langmut geradezu berüchtigt – außer vielleicht, wenn mir was zu lange dauert.

Da mag sich hinter den Weinranken und der lila Tür von Kolumbus 123 durchaus schon mal ein armdickes Geduldsstahlseil aufgeribbelt haben. Es soll sogar vorgekommen sein, dass sich wie von selbst eine väterliche Stimme erhob, um zum Beispiel eine Tochter zu mehr mathematischem Elan und Konzentration zu ermuntern.

Klar, die flippt dann – »Pöh!« – erst recht aus, und mein Sohn zieht sich die Socken übern Kopf: »Pöh!«

Bevor es am Ende doch noch zu einem Streit kommt, tritt

Mama – wo, bitte, war sie vorher?! – auf den Plan, der gute Cop: die Ruhe selbst! Säuselt die Tochter sanft und klug, schmeichelt den säumigen Sohn, schwupps, in die Socken, und bedenkt den bösen, bösen Cop mit einem Seitenblick, der unter die Genfer Konvention fallen dürfte. »Was regst du dich auf?«, will er mir sagen, der Blick, »so einfach geht das – mit ein bisschen Geduld und Güte!«

Und die Kinder, lammfromm, gucken genauso.

Der böse Cop kommt sich dann ziemlich böse vor. Aber er weiß ja, dass gestern der gute Cop noch der böse Cop war und er der gute. Und dass das halt so ist bei uns in der Kolumbusstraße.

Geständnisse liegen übrigens vor.

Da gibt es einen neuen Kater ...

Haben Sie damals den »König der Löwen« gesehen? Den Disney-Schinken, meine ich, den mit Simba und Dala, totem Löwenpapa und hernach wochenlang albträumenden Kindern? Dann erinnern Sie sich bestimmt auch an das mit Abstand abscheulichste Tier im ganzen Film: Das war nämlich, zumindest hab ich's so vor Augen, eine hechelnde, spuckende, kichernde, triefäugige, bösblickende, moralisch verkommene, scharfzahnige, schwarzbraun gefleckte Hyäne mit appem Ohr und miesem Charakter.

Ich weiß auch nicht, wie ich drauf komme, denn eigentlich wollte ich von dem neuen Kater erzählen, der in die Kolumbusstraße gezogen ist. Also, dieser neue Kater gehört neuen Nachbarn, von denen die, die sie bereits kennen lernten, behaupten, sie seien ausgesprochen nette Nachbarn, sogar sehr nett. Doch während die Nachbarn offenbar zurückhaltende, freundliche Zeitgenossen sind, mischt ihr Kater, dessen Namen ich hier aus Gründen des Persönlichkeitsschutzes nicht nennen will, die halbe Heimaterde auf, und man weiß nicht, wo das alles enden soll.

Als ich neulich nach Hause kam, fand ich mein Haus leer. Ich rief, ich jodelte, ich bellte – keine Reaktion. Ich mag so was nicht. Als ich mich missmutig in den Garten trollte, fand ich sie dann: Frau und Tochter standen am Fuß der langen Alu-Leiter, die an eine der Thujas gelehnt war. In etwa drei Metern Höhe endete die Leiter. Über der Leiter aber, droben im dünner werdenden Geäst, klebte mein Herr Sohn am Stamm, noch. Und überm Sohn, irgendwo im Wipfelbereich und vollständig unerreichbar, schwankte unser Indiana Jones.

»Da ist der schon seit drei Stunden«, klärte man mich auf.

»Vielleicht genießt er die Aussicht«, mutmaßte ich.

»Nein, es ist wegen dem neuen Nachbarkater. Jones hat Angst.«

»Unser Jones hat Angst? Indiana Jones HAT keine Angst!«

Hatte er doch. Grau vor Angst war er. Während ich zumindest meinen Sohn wieder auf den Boden der Tatsachen zurückholte, blieb Jones, der, zugegeben, auch vorher schon grau war, hart unterm Himmel und war weder durch saftige Flüche noch durch saftige Hühnerleber zum Abstieg zu bewegen.

Gegen Mitternacht – natürlich konnten wir nicht schlafen – hat meine katzenmagnetische Gattin ihn vom Baum gegurrt. Er verbarrikadierte sich dann etwa zehn Stunden in einem Schrank, in dem Smilla schon lange steckte: verstört, empört und bibbernd. Bisher hatte unsere gut behütete Edeldame nur die nicht minder vornehmen Ex-Kater unserer wunderbaren Nachbarn kennen gelernt. Die hatten sie und Jones zwar auch nicht gerade mit einem Katzen-Freudenkonzert begrüßt, aber ihr anfängliches Missfallen fast ausschließlich durch das Zeigen einer kalten Katerschulter zum Ausdruck gebracht.

Der Neue war offensichtlich anders. Der knurrt, faucht und womöglich kennt er auch noch schlimme Wörter! Hu, das gefiel unserer Smilla gar nicht, und Jones? Der Tierfreund Jones, der neulich beinahe einen Terrier in den Herzinfarkt hetzte (Jones wollte nur spielen)? Der mit seinen acht Monaten ein echtes Trumm von kapitalem Bilderbuch-Kater zu werden verspricht?

Glaubt, dass seine Krallen ausschließlich fürs Sofa gedacht sind, ein Traum von Katzenmann, zutraulich, olle Schmusebacke, zu seelenzart für diese harte Welt. Vielleicht haben wir ihn verzogen, vielleicht sind's die Gene, wer weiß das schon.

Natürlich hofften wir auf Flo Hippler, den rabenschwarzen Katzensportler von nebenan, und auf Sammy Hippler, den breitschultrigen Orca der Heimaterde-Gärten, der so viel wiegt wie Smilla und Jones zusammen. Wenn Sammy unwillig eine Augenbraue lupft, verkrümeln sich normalerweise Menschen, Tiere und Pflanzen. Außer denen natürlich, die wissen, dass Sammy ein Gemüt wie eine Brummfliege hat.

Der Neue hat das irgendwie rausgekriegt. Ich sah ihn, einen kreischend-knurrenden schwarzbraunen Strich, hinter Sammy, dem Haken schlagenden schwarzweißen Strich, herflitzen. Achduliebezeit.

Als der Neue anfing, unsere Terrasse in Beschlag zu nehmen, kam denn doch dezenter Unmut auf; als er begann, in unser Wohnzimmer zu feixen, und unsere Katzen in den Keller emigrierten, luden meine Kinder, Pazifistenkinder, ihre Wasserkanonen durch.

»Die Katzen müssen das unter sich ausmachen«, pfiff ich sie zurück wie Brehm mit Blauhelm. Seitdem übe ich mit Smilla und Jones Kater-Karate und tröste mich damit, dass der Neue in der nächsten Woche kastriert wird.

Das Grinsen der Katzen

Wenn Sie zufällig in der Kolumbusstraße am wein- und efeugrünen Haus mit den lila Fensterläden und der frisch gelb gestrichenen Holzbank vorbeischlendern würden, dann würden Sie, wenn Sie den Kopf nur ein bisschen in den Nacken gelegt haben, auch die beiden Grinsekatzen sehen: die eine, hellgrau grinsend unterm Dach auf der Zitronenfensterbank, die andere, mausgrau grinsend im Badezimmerfenster. Beide lassen die Vorderpfoten lässig an der frischen Luft baumeln und behalten die Welt und den Parkplatz im Katzenauge, grinsend, wie gesagt.

Das Haus ist mein Haus, und die beiden Grinsekatzen sind meine Katzen. Sie grinsen, weil der schwarzbraune Terrorkater, der sie und den Rest der Heißener Ökosphäre eine Woche lang in Angst und Schrecken versetzte, wie vom Erdboden verschluckt scheint.

Nun wissen Sie ja, dass er beim Tierarzt war ... Wahrscheinlich ist ihm die ganze Sache mächtig peinlich, katztriert, wie er ist.

Meine beiden Aristocats grinsen jedenfalls so schamlos in die Gegend, dass mal was klargestellt werden muss: Der zugezogene Kampf-Ex-Kater, von dem ich gerade berichtete, ist zwar ein rechter Katzen-Schreck, aber ein ausgemachter Menschenfreund. Was sich gut traf, da die neuen Nachbarn sich als große Katzenfreunde herausstellten, die den ihnen zugelaufenen, halb verhungerten, depravierten und nun dankbar um ihre Waden streichenden – wir nennen ihn mittlerweile – Thomas O'Mally christlich auflasen, aufpäppelten, entflohten, entwurmten, unrettbar lieb gewannen und es nicht übers Herz brachten, ihn ins Tierheim zu geben. Jetzt hoffen sie, dass O'Mally, wenn er den Verlust erst überwunden hat, ein wenig sozialverträglicher wird.

Die Herrchen und Frauchen von Earl Grey, also von Smillas Sohn und Indiana Jones' großem Bruder, hoffen dagegen, dass er nach diesem Lebens-Abschnitt sein sympathisches Wesen komplett behält. Ohne Abstriche. Earl Grey – ein Prachtkerl dank Papi, den wir immer noch nicht kennen, aber noch mehr dank Smilla – ist nämlich der kartäuserigste des ganzen großen Wurfs. Nur pubertierte er alle naselang derart in der Wohnung herum, dass man keine Wahl hatte.

Armer Earl!

Drei Tierärzte wurden angerufen, dann gab man's auf, einen zu suchen, der statt einer Kastration (ab) eine Sterilisation (durch) durchführt. Und nun bangen sie: Wird er dick? Wird er müde? Kriegt er eine Piepsstimme? Werden ihn die Mäuse auslachen? Verliert er seine wunderbaren Macken? Wird er weiter Wannengolf spielen?

Kennen Sie Wannengolf? Earl Grey ist ein Wannengolfgott. Nachts springt er in die Badewanne, lupft den silbernen Wannenstöpsel aus dem Abfluss und prügelt ihn so lange lustvoll durch die Wanne, bis er – plöpp – wieder im Abfluss sitzt. Das kann laut werden und schon mal eine halbe Stunde dauern, weshalb ihm auch die Menschen alle Daumen drücken fürs Wannengolf. Hat er eingelocht, setzt Earl ein Siegerlächeln auf und würde sicher einen Whisky saufen, wäre der Kalauer nicht viel zu kalt und zu alt.

Dass Fine, die wundervolle, arme Fine, Finger lutschte, habe ich erzählt? Dass Elfriede (alias Marlene) glaubt, sie sei ein Hund, allerdings ein größerer als Dingsbums, der Hund? Der wiederum glaubt, er sei 'ne Katze, und darum neulich mit der geborstenen Katzenklappe um den Hals durch die Wohnung gescheppert sein soll. Dass Smilla und Jones mittlerweile mit der Leitkatze, die seit 16 Jahren auch die meine ist, ohne Leine bei Fuß ums Karree traben?

Es sind halt auch nur Menschen, und die sind verschieden, die meisten jedenfalls. Es gibt zum Beispiel Leute, die mich auffordern, sofffort mit den Katzen-Schnurren aufzuhören und stattdessen tüchtig was übers Joggen zu schreiben.

Ja, wie soll denn das wohl gehen? Die schwarze Bollerhose steckt im Müll, mit den sündteuren, gelgepolsterten, fersengelüfteten Joggingschuhen kann man, wer hätte das gedacht, auch einfach nur so vom Kühlschrank zum Sofa schlurfen (und wieder zurück), und soll ich Ihnen mal was sagen?

Seitdem ich nicht mehr wie von Höllenhunden gehetzt durch die ohnehin schon immer arg hügelige Heimaterde hechle, sondern gemütlich frühstücke, läuft es morgens einfach runder. Es atmen auf: Wald und Flur, meine Frau und Kinder, des Weiteren tausend Frauchen und Herrchen und ihre tausend Dertutnixe, weil sie nämlich von der Pflicht entbunden sind, morgens um sieben schon mit schwarzen Bollerhosen zu spielen, nur zu spielen oder das zumindest zu behaupten.

Den Katzen ist das egal. Die liegen im Fenster und grinsen.

Unschuldslamm mit Krallen

Ich habe nie behauptet, dass unsere Katzen Unschuldslämmer seien. Fragen Sie nur all die verwitweten und verwaisten Mäuse in der Kolumbusstraße, und die Amseln, Drosseln, Finken, Stare fühlen sich durch unsere beiden tarzanischen Aristocats zumindest ab und zu gestört. Außerdem hat Crazy Jones gerade wieder mal versucht, in Hipplers Teich zu angeln. Ist aber nichts passiert, die Goldfische haben ihn wieder ausgespuckt.

Unser grauer Star kam ziemlich bedröppelt nach Hause, meine Frau musste ihn frottieren, föhnen, legen und moralisch wieder aufrichten. Mutter Smilla guckte ihn nur groß an und sagte gar nix. Aber wie! Ich glaube, Jones hat sich ziemlich geschämt.

Und mit Recht.

Unrecht habe ich dem hyänischen Kampfkater getan. Ich habe seinen schlechten Ruf beschädigt, denn er ist offenbar gar nicht kastriert worden und musste darum eine Woche weh und traurig zu Hause rumliegen, statt in Mitteleuropa Terror zu verbreiten. Er hatte vermutlich bloß Stubenarrest.

Auch mit Recht.

Allerdings fängt er, naja, allmählich an, mir sympathisch zu werden. Das heißt – nicht direkt sympathisch, aber ein Lebewesen, das so viel Wesen aus seinem zerzausten Leben macht, imponiert mir halt. Wie wir heute wissen, ist Jan als Erster auf ihn hereingefallen. Da kauerte Thomas O'Mally wie ein Katzenmahnmal vor unserer Haustreppe, hyänisch gefleckt, müde gelben Trauerblicks, und wenn ich meinem Sohn glauben kann, was ich natürlich vorbehaltlos tue, dann muss er sogar so was vor sich hin geseufzt haben wie »Ochottochott!« Und dieser Seufzer muss ausgesprochen mager geklungen haben.

Ochottochottochott!

Jan hat ihm dann ein Frühstück serviert, outdoor und heimlich, aber immerhin.

Danach musste Rosa zur Schule, wurde vor der Haustür eines fast verröchelten Katzendiätdarstellers mit hyänischem Fleckfell ansichtig, kredenzte ihm das zweite Frühstück und sprach ebenfalls nicht drüber, immerhin bedeutete das ja ein Fraternisieren mit dem Feind.

Dass Schnorrer O'Mally auch meiner allliebenden Gattin eine Portion Katzenfutter abschnurrte (nennt man das eigentlich Katering?), bedarf der Erwähnung nicht mehr. Sie haben es sich längst gedacht.

Und dass am Ende mir die Rolle des eisenherzigen Tierfeindes vorbehalten blieb, wissend, dass dieser O'Mally sich im Zustand der Hochmast befindet, weil die netten neuen Nachbarn von der ersten Stunde an ein Vermögen an Katzen-Feinkost in O'Mally hineingestopft hatten und darin bis heute nicht innehalten, ebenfalls. So weit kommt das noch: Die Katzen der Familie machen vor Angst Klimmzüge am Wohnzimmertischlampenkabel – und ich füttere den Invasoren vor meiner Haustür!

Ha!

Ich hab ihm auf der anderen Straßenseite was hingelegt, aber mit sehr unfreundlichem Gesicht, nur eine Handvoll – und staubtrocken.

O'Mally ist übrigens nicht nur ein Schlitzohr, er hat auch eines, neuerdings. Es ist das rechte. Irgendeine dieser miauenden Memmen der Heimaterde muss wohl irgendwann irgendwo den Kampf angenommen haben. Dass es Jones gewesen sei, möchte meine Gemahlin zwar gerne glauben und glauben machen. Ich aber weiß es besser: Jones ist überzeugter Katzifist. Außerdem glaubt er ja insgeheim, er sei ein Mensch, und als solcher ist er ausgesprochen tierlieb.

Dass Indiana Jones ungefähr doppelt so groß ist wie O'Mally, sagte ich bereits? Und warum er ihn mutmaßlich flieht? Vielleicht liegt es daran, dass O'Mally gar keine Katze ist, sondern eine unfallträchtige Kreuzung zwischen einer Hyäne, einem Frettchen und einem ollen Putzlumpen, den man lieber nicht anrühren möchte. Eine Kreuzung, die nur aus einer Laune der Natur heraus einen Katzenkopf und Katzentatzen mit sich herumträgt? Stammt er am Ende aus einem geheimen Gen-Labor? Hat sich da wer total verklont? Hat er die berühmte Maus mit dem Ohr auf dem Rücken gefressen und ist jetzt Esoteriker? Oder hat er den Laborleiter persönlich verschluckt und doch noch ein gutes Werk getan? Oderoderoder?

Sehen Sie, es ist wirklich furchtbar mit diesem O'Mally, aber man hat immer was zu erzählen.

Unser Haus mit der lila Tür

Unser Haus ist ein ganz besonderes Haus. Es ist nicht besonders groß, es ist eher klein, wenn auch nicht besonders klein, aber mitten im Grünen und selber grün. Davor steht eine knallgelbe Bank, die aussieht wie eine Sommersonne mit Holzbeinen, und die Eingangstreppe wird von bunten Blumen und duftenden Kräutertöpfen gesäumt, die im Garten wegen der Schnecken keine Chance hatten. Vor allem die großmäuligen Löwenmäulchen, der scharfe Schnittlauch und das Basilikum hatten uns so lange um Asyl angefleht, bis dass wir sie vor die Tür setzten. So ist manchmal das Leben.

Unser Haus hat lila Türen und lila Fensterläden (»Da wohnt der Bischof«, hat neulich ein Passant gesagt, im Scherz), und vorn und an der Seite ist es mit wildem Wein bewachsen, der im Herbst goldrot leuchtet; hinten dagegen und an der Seite zum Parkplatz hin klettert dickes fettes immergrünes Efeu am Haus herum. In diesem Efeu hausen allerlei Tiere, die ich zwar über die Maßen respektiere, aber auf gar keinen Fall in der Wohnung haben möchte, weil sie für meinen Geschmack entschieden zu viele Beine haben.

Es ist ein hübsches altes Haus, wie ich finde, nicht besonders hübsch, aber eben hexenhäusisch hutzelhübsch. Das Besondere an unserem alten Hutzelhaus sind nicht nur die Menschen, die darin wohnen; klar, das sind für mich die besondersten Menschen der Welt. Das Besondere ist auch die besondere Beziehung, die ich zu ihm habe. Wenn ich zum Beispiel in meinem Haus bin, dann bleibt die Welt draußen, zumindest so lange, bis ich sie hereinbitte oder das verdammte Telefon bimmelt. Man kann in diesem Haus sehr schön schweigen und sehr schön still auf das Knacken und Knarzen und Knistern hören, das es leise zu sagen hat.

Man kann sich aber auch ganz gut mit ihm unterhalten.

Manchmal sage ich zum Beispiel zu meinem alten Haus: »Na, altes Haus?!« Und dann habe ich immer den Eindruck, dass es mir aus dem dichten Efeu etwas Freundliches und Vertrauliches zuraschelt, etwas, das es einem Fremden niemals zurascheln würde.

Früher habe ich übrigens nie mit Häusern gesprochen. Und Mietwohnungen in Essen-Rüttenscheid zum Beispiel hören nicht einmal gescheit zu, wenn Sie mich fragen. Wenn ich es mir recht überlege, ist es doch ein besonders schönes Haus.

Dochdoch.

Derzeit sieht es allerdings eher aus wie der Ex-Nachbarkater O'Mally: irgendwie abgekaut und zerfleddert. Denn der Herr Hucke hat, hoch auf einem hohen gelben Hubwagen stehend, tüchtig Efeu weggeschnitten, zunächst aus der Dachrinne, die der alte Ranker umklammert hielt, und dann von der ganzen rechten Seite, die er sich eigentlich friedlich mit dem wilden Wein teilen sollte, wo er sich aber ungehörig viel Platz ertrotzt hat, so viel, dass der Wein schon weinte. Nun wird also wieder ein Wein sein an der Parkplatzseite, zumindest hoffen wir das, denn unser schönes altes Hexenhaus sieht wirklich nicht sehr schön aus, im Moment.

Wobei der Herr Hucke um ein Haar ebenfalls nicht sehr schön ausgesehen hätte, denn als er da tapfer auf dem gelben Hubwagen Efeu aus der Rinne rupfte, da nahmen ihm das die Wespen ziemlich übel, die sich etwa auf Höhe des Zitronenfensters ein Nest gebaut hatten. Nun, er hat es überlebt, und wir mussten neben dem Herrn Hucke und dem Hubwagenvermieter auch noch einen Schädlingsbekämpfer mit Imkerhut bezahlen. Ohne den hätten wir beim Efeu keinen Stich gekriegt.

Tja, nun sieht es also ein bisschen abgekaut und melancholisch aus, unser Haus. Und man sieht, dass es seine Macken hat. Am liebsten würde ich, bis der Wein die Kahlheit überwuchert hat, etwas davor stellen, weil ich mir vorstelle, dass es sich im Moment ein bisschen schämt. So wie damals, als wir in den eisekalten Novembernächten all das nasse Wasser im Keller hatten und bis zur Erschöpfung schöpfen, schöpfen, schöpfen mussten, weil unser Haus nicht ganz dicht war. Ich glaube heute noch, das war ihm peinlich.

»Tja, ist eben ein altes Haus«, sagten da einige Leute, vor allem solche, die entweder ein nagelneues supertolles Neubauhaus gekauft hatten oder überhaupt gar keins. Und ich habe mich damals heimlich überprüft, ob ich mich nicht vielleicht ein bisschen für unser altes Hutzelhaus schäme.

Nee, tat ich nicht. Ist schließlich unser Haus.

Ich bin aber auch nicht stolz drauf. Ich hoffe allerdings, es ist ein wenig stolz auf mich.

'tschulligung, aber Ihre Katze …!

Dass wir zwei spektakulär schöne, kluge und charakterlich einwandfreie, kaum fusselnde Katzen haben, wissen Sie ja. Dass das aber nur noch eine Frage der Zeit ist, wissen Sie vermutlich nicht, und ich rede hier nicht von hungrigen Dertutnixen, katzenfängerischen Tierversuchsfreunden oder dem karierten Pantoffel, der Jones erschlagen wird, wenn er noch mal am nagelneuen weißen Ledersofa kratzt.

Ich rede vom Asphalt auf der Kolumbusstraße – und auch wenn der Straßenbauamtsvizepräsidentenvertreter von Gelsenkirchen jetzt sagt, das sei kein Asphalt, sondern schon seit den 60er Jahren was anderes: Ich sage Asphalt. Und ehe das Wort Leuchtstoffröhre über meine Lippen kommt, soll mich der Blitz erschlagen! Für mich ist das Neon! – Was wollte ich noch gleich …?

Asphalt! Kolumbusstraße! Der Asphalt auf der Kolumbusstraße, der ist grau, asphaltgrau, und, um es genauer zu sagen: an einigen Stellen hell-, an anderen dunkelasphaltgrau. Und um es ganz genau zu sagen: Das sind haargenau die Farben von Smilla und Indiana Jones.

Der Grund, warum ich das hier vor Ihnen ausbreite, ist der: Unsere beiden Katzen, die im Gegensatz zu dem, der ihr Futter bezahlt, lupenreine Optimisten sind, liegen an wärmeren, trockenen Tagen am allerliebsten – nicht im Garten, wo man locker noch 250 andere Katzen unterbringen könnte, sie sitzen nicht sicher im Geäst der turmhohen Thujas oder duftenden Kiefern oder hängen matt in den Hängematten, wovon wir eine Menge hatten, sondern liegen bräsig auf der Straße rum: mitten auf dem Asphalt, wie angeklebt, unverrückbar wie festgetretener Kaugummi, wofür man ja bekanntlich in Singapur unweigerlich in den Knast wandert, und quasi unsichtbar. Und absolut selbstmörderisch-vollidiotisch, denn so grau in grau hier herumzuliegen, das ist angesichts der Tatsache, dass hier Autos um die Ecke sausen, wie Bungee-Springen ohne Seil.

Aber meine Katzen sind voller Katzenfutter, Gott- und Weltvertrauen, und irgendwie glauben sie wohl auch an das Gute im Auto.

Wir merken das, wenn mal wieder einer draußen hupt. Oder Reifen quietschen. Oder ein Nachbar klingelt: »Äh, 'tschulligung, aber Ihre Katze wäre beinahe wieder unter mein Auto …!«

Wir leben also in Angst um unsere Katzen. Das ist nicht gut. Aber dafür leben wir in etwas geringerer Angst um unsere Kinder, und das wiederum ist sehr gut.

Seitdem nämlich Smilla und Jones vor der lila Haustür Straßensperre spielen, fahren immer mehr Autos immer langsamer bei uns um die grüne Ecke, vielleicht aus schierer Tierliebe, vielleicht aus Angst um ihre Reifen, man weiß es nicht; ja, seitdem sie versuchen, die graupelzigen Sitzblockaden zu umkurven, bewegen sich durchschnittliche Verkehrsteilnehmer durchaus mit jenen 30 Stundenkilometern, die ein rundes weißrotes Warnschild mit einer dicken, fetten, schwarzen 30 drauf zu Anfang der Kolumbusstraße und seit Anbeginn der Zeiten für unsere verträumte Siedlung einfordert, vergeblich natürlich.

Unsere Katzen! Schaffen das, was die Straßenverkehrsordner nicht geschafft haben, geschweige denn der gesunde Menschenverstand. Sie sind so eine Art Katz-For-Truppe, Grauhelme für die Kolumbusstraße. Und wenn wir unseren täglichen Spaziergang ums Karree machen, und wenn unsere beiden Bremser mit gesteilten Schwänzen bei Fuß marschieren, dann sind wir mächtig stolz auf sie.

Aber wir haben halt auch Angst. Die beiden mögen zwar zusammen 14 Leben haben, aber wir vier Einlebenwesen werden den Verdacht nicht los, dass sie davon schon einige abhaken können. Wir haben überhaupt kein Bedürfnis danach, in ihre Grabsteine Epitaphe zu meißeln:

PLATTGEFAHREN IM DIENSTE DER SENKUNG DER DURCHGANGSGESCHWINDIGKEIT AUF DER KOLUMBUSSTRASSE. SMILLA & INDIANA JONES

Aber was sollen wir machen? Ksch-ksch? An ihren gesunden Katzenverstand appellieren? Färben?

Achduliebezeit: Diagnose Zerrmilz!

Die beste Krankheit taugt nix, hat Oma immer gesagt, und hatte wie immer Recht. Über so schwer wiegende Verletzungen, wie sie mir soeben widerfuhren, hat sie meines Wissens nichts gesagt. Jetzt will ich Sie natürlich nicht mit irgendwelchen, am Ende noch ins Persönliche spielenden Passionsgeschichten langweilen. Nur so viel:

Es geschah beim Fußball, Kollegenfußball, Stand 6:8. Wie ein Blitz (ein langsamer Blitz, zugegeben, aber doch ein Blitz) wäre ich die rechte Außenlinie entlanggespurtet, wenn es auf unserem Mittwochmorgenskollegenbolzplatz eine Außenlinie gäbe, und erspähte den Kollegen Dirk H., einen begnadeten Ex-Volleyballer und geradezu grotesk untalentierten Fußballer, weshalb man ihn ins Tor gestellt hatte wie früher nur die Dicken. Weil der grobmotorische Kollege Dirk H. schon zwei-, dreimal zuvor aus ungeklärten Gründen zufällig und glücklich hatte meine Schüsse abwehren können, riss ich alle meine verbliebenen Kräfte zu dem völlig unhaltbaren finalen Rettungsschuss zusammen und – zack!

Aus.

Hätte ich je zu einer Sportlerkarriere angesetzt, sie wäre jäh beendet gewesen: Rippenbruch. Zwerchfellfraktur. Bauchmuskelriss. Meinetwegen irgendwas anderes, das man nur mit dem großen Latinum kriegt, aber höllisch wehtut, bloß, bitte, nicht »Zerrmilz«. »Zerrmilz« ist eine Erfindung der albernsten Redaktion westlich des Urals, worüber sich neuerdings meine Erbfeinde, die ich bis vor kurzem noch für mir in Sympathie zugeneigte Kollegen hielt, scheckig lachen.

Zerrmilz!

Es tut weh, wenn ich mich bücke. Es tut weh beim Rückwärtsfahren. Es tut weh beim Rechtsabbiegen und Schlafohrwechseln. Und am allermeisten tut es weh, wenn ich lache.

Nun werden Sie wohl wissen, dass das für einen in bestimmten Regionen Westfalens aufgewachsenen Mitbürger praktisch Schmerzfreiheit bis zum Lebensende bedeuten würde. Aber für mich! Einen Ausbund rheinischen Frohsinns!

Es ist zum Heulen, aber das tut blöderweise auch weh. Nur gut, dass ich nicht zum Klagen neige, sonst kriegte die Welt was zu hören.

Ich behandle meine Zerr-, pardon, meine akute Dingsitis mit Wärme-Gel, aufgeheizten Kirschkernkissen, heißen Wannenbädern, Bewegungslosigkeit und ganz viel Herumjammern. Meiner Frau sage ich »halb so schlimm« und »schade, dass ich die Wasserkästen nicht schleppen kann«, meinen Kindern zahle ich 50 Pfennige (ungefähr einen Vierteleuro), wenn sie sagen »armer Papa«. Sie bedauern mich sehr, die Guten. Es gab nur eine kurze Kommunikationsstörung, als ich vor ihnen erwog, mir Katzenfell um die Hüften zu binden. Spontan haben sie sich Smilla und Jones gegriffen und evakuiert. Nun, ich konnte das aufklären.

Jones hatte übrigens nie Zweifel an meiner Lauterkeit. Er saß heute Morgen eine halbe Stunde am Badewannenrand und angelte nach seinem grauen Spiegelbild. War die Pfote nass, guckte er mich an wie das Auto, das ihn doch nicht überfahren hat, und leckte die Pfote trocken.

Dann rutschte er

ab.

Nun weiß ich sehr genau, dass er ein ganz passabler Schwimmer ist, schließlich ist er schon dreimal beim Goldfischefangen in Hipplers Teich geplumpst und locker wieder rausgeklettert. Ich erinnere mich noch gut, ohja, denn er sah nachher aus wie eine nasse Wanderratte, die sich fürchterlich verwandert hat. Aber Jones, das Katzenhirn, hat es beim Wasser-Fall wohl vergessen, und so krallte er sich mit beiden Killerpfoten spontan ungefähr 20 Zentimeter tief in meinen rechten Oberschenkel, um sich aus dem überaus angenehm nach Pfirsich duftenden Wannenschaumbad und der Affäre zu ziehen.

Ich liebe Katzen. Und ich bin nicht nachtragend. Und jeder andere hätte Ihnen jetzt werweißwas vorgeheult über die infernalischen Schmerzen dort, wo früher mal ein rechter Oberschenkel war. Aber ich schweige still und verlier kein Wort darüber. Ich bin Katzenfreund und nicht nachtragend. Außerdem habe ich nun wirklich genug zu tun mit meiner Zerrmilz.

Vermissen Sie Ihre Springmaus?

Vermissen Sie zufällig Ihre Springmaus? So eine zeigefingergroße, spitzmäulige, knopfäugige, mausgraue mit klopfendem Herzen und langen Hinterbeinchen?

Wir haben sie gesehen! Ganz kurz zwischen Klopapierrollen, Tempotuchvorräten und grünen Gummiflossen hinterm karibikbunten Vorhang unterm Waschbecken im Badezimmer, erster Stock. Smilla und Jones haben sie auch gesehen, und wir haben Grund zur Annahme, dass sie sie nicht nur gesehen haben, die Springmaus, sondern erwischt und ins Badezimmer expediert – zum Spielen. Und seitdem kauern unsere beiden, Familienmitgliedern gegenüber so samtmütigen Katzen vor dem karibikbunten Waschbeckenvorhang, vor Klopapierrollen, Tempotuchvorräten und grünen Gummiflossen und gucken geradeaus.

Sie müssen das so sehen: Was haben die denn sonst schon zur Zerstreuung, die Katzen? Kein Kino und Theater, kein Telefon, kein Internet, und lesen können sie auch nicht. Und Fernsehen? Wir haben sie mal versuchsweise davor gesetzt: beim WM-Qualifikations-Desaster, als die Engländer mit den Unseren Katz und Maus spielten, haben sie versucht, deutsche Nationalspieler zu fangen (die Engländer waren ihnen zu schnell). Aber nur ein paar bernsteinfarbene Augenblicke lang. Dann war für sie als Britisch(!)-Kurzhaar die Spannung raus aus 'm Spiel. Jedenfalls liegen sie jetzt lieber im Badezimmer rum und gucken die Sendung mit der Springmaus.

Wir könnten natürlich selber auf die Jagd gehen, um unser Bad nicht zum Mausoleum werden zu lassen. Aber die Maus könnte ja nicht wissen, dass wir sie retten wollen und nicht grillen; also würde sie höchstwahrscheinlich nicht in unsere schützenden Hände hüpfen, sondern in einen Katerschlund oder, schlimmer, in unser Schlafzimmer. Und wir müssten die komplette Waschtischkonstruktion demontieren.

Wir lassen die Katzen lieber liegen. Wir machen uns allerdings Sorgen, dass unsere schnurrenden Schnorrer vor lauter Rumliegen schließlich doch noch so verfetten, wie es das Kartäuser-Buch vorsieht. Glücklicherweise haben sie ihre lieben Gewohnheiten. Dazu gehört der tägliche Spaziergang ums Karree: zur lila Tür hinaus linksrum übern Parkplatz gradeaus, dann rechts runter Richtung roter Fußballplatz vom TSV, dann sanft rechts rum an den dicken Bäumen vorm Krug zur Heimaterde vorbei und den hier seit Äonen heimischen einheimischen Heimat-, Kegel-, Karnevals-, Karnickelzucht-, Schach- und Sonstwas-Vereinen im Epizentrum der mitteleuropäischen Blasmusik.

Wo war ich? Vorbei am Krug! Smilla eng bei Fuß und Katzen-Schwänzchen in die Höh' vorbei am Krug, dann hoch und rechts nach der Hecke um die Ecke: Da geht, während der verrückte Jones in der Gegend herumhüpft wie eine Springmaus und sich vor irgendwas oder -wem versteckt, entzückt an Blumen schnuppert oder kleinere Hunde erschreckt (»Die tut nix!«, rufen wir begeistert!), Smilla in Kampfstellung wie einst Trude Unruhs Graue Panther: duckt sich tief ins Gras, flitzt wie von der Fletsche geflutscht über den Schuh ihres menschlichen Bodyguards und grinst ein Grinsen, breit bis zum Finkenkamp, wenn der zusammenzuckt, der Mensch. Mensch!

Das geht jeden Tag so, immer an der gleichen Stelle, nur nicht bei Regen. Smilla liebt das, und Jones macht mit. Für den Viertelbummel verlässt Smilla sogar ihren Mausstand im Badezimmer und miaut so laut und lang, bis sich jemand von uns in Bewegung setzt: links hinaus zur lila Tür, Sie wissen schon. Sollten wir uns bei all dem Gemaunze dennoch erdreisten, zuvor unsern Morgenkaffee auszutrinken oder den Nachtisch aufzuessen, schnellt sie, die uns bis auf den heutigen Tag nicht kratzte, mit einem Satz auf die schon ziemlich melancholisch dreinsehende Stuhllehne und drückt uns von hinten sacht eine Kartäuserkralle in die Schulter: »*Dosenöffner, ich will ja nicht hetzen, aber jetzt ist es wirklich Zeit für unsern Spaziergang …!*«

Wir springen dann auf wie die Springmäuse. – Apropos: Vermissen Sie zufällig Ihre Springmaus?

Vergessen Sie sie.

Das kommt davon, vielleicht

Habe ich je erzählt, warum ich nie ein Haustier haben wollte?

Das lag womöglich an Tinka. Tinka war die Katze meiner Frau, als sie noch nicht meine Frau war. Ob Tinka eine Katze war? Als mittelgroßer schwarzer Panther wäre sie ebenso gut durchgegangen, allerdings als ziemlich schlecht gelaunter. Streicheln? Wer das zweimal versucht hat, hat heute keine Hände mehr. Aber meine Nochnichtfrau und meine Schwiegereltern in spe hingen natürlich trotzdem an ihr. Tinka hatte eine schwere Jugend gehabt, kam aus dem Tierheim und war eben Tinka, ihre Tinka.

Und weil ich doch wollte, dass aus meiner Freundin meine Frau werde, musste ich mich natürlich aufs schärfste damit einverstanden erklären, Tinka für die Zeit des elterlichen Urlaubs in Pflege zu nehmen. Und natürlich hofften alle Beteiligten, dass sich unser etwas gespanntes Verhältnis durch diese zwangvolle Nähe ein wenig zum Guten wenden ließe.

Es war furchtbar.

Das Schönste, was sich über unser zweiwöchiges Miteinander sagen lässt, ist, dass sie mich nicht gefressen hat. Vorsichtshalber habe ich ihr täglich doppelte Rationen hingeschoben. Ansonsten gingen wir uns konsequent aus dem Weg; und sie beäugte mich meist mit einer so skandalösen Herablassung, dass ich mich darüber am liebsten beim Menschenschutzbund beschwert hätte; das habe ich aus schnödem Opportunismus aber nicht getan, auch wenn ich mich nie daran gewöhnen konnte, in meinen eigenen vier Wänden von einem scharfzahnigen schwarzen Monster angeknurrt zu werden.

Zum Showdown kam es allerdings erst am von mir innig herbeigesehnten Morgen ihres Auszugs. Meine Frau unterrichtete fremde Kinder, ich war allein zu Haus – mit Tinka. Und Tinka musste in den Transportkorb, um transportiert werden zu können. Und niemand war da, der mir hätte sagen können, wie um alles in der Welt sie in den blöden Korb zu kriegen wäre. Ich habe es mit Leckerchen und scheelen Schmeicheleien versucht, habe ihr Baldrian-getränkte Knuspermäuse hingehalten und – leise – kschkschksch gesagt.

Dann ging ich in den Baumarkt und kaufte mir Bauhandschuhe, dick und fest; dazu zog ich meine extrastarke Lederjacke an, die sogar mal gegen einen Stacheldrahtzaun gewonnen hat, und umwickelte meinen unteren und oberen Gesichtsbereich mit Spültüchern – ich sah also aus wie Herr Jihad beim Abwasch, wie eine Al-Fatah-Morgana im Löscheinsatz auf brennenden kuweitischen Ölfeldern, wie ein miserabel gekleideter Clown.

Aber ich hab's geschafft. Die Jacke konnte ich wegwerfen, die Handschuhe auch und meine Nerven sowieso, zerfleddert wie die waren. Aber – ich hab's geschafft. Irgendwann war Tinka im Transportkorb.

Leider war dabei – wenn auch nicht ich – so aber doch so viel Zeit draufgegangen, dass ich das Katzenklo nicht mehr sachgerecht entsorgen konnte oder wollte. Und ich Dussel kippte die Streu ins Klo.

Wo die Streu quoll.

Und quoll.

Quoll das ganze Klo doll voll, und …

ich habe ungefähr eine halbe Stunde im Badezimmer vor einem Klosett auf den Knien gelegen und, Arm bis zur Schulter in der Kloake, versucht, mit einem mittelgroßen Schraubenzieher die verdammte aufgequollene und mittlerweile betonharte Katzenstreu wieder herauszupulen, während der Transportkorb zischte und tobte und nach Schwefel roch und die Zeit dahin lief, wohin auch ich am liebsten gelaufen wäre: davon.

Der Autofahrer, der an Allerheiligen zwischen 21 und 22 Uhr Smilla überrollt hat, wird wohl ein Rumpeln gehört haben, ist aber dann doch lieber weitergefahren. Es war ein schneller, kein schöner Tod. Ich habe unsere kleine graue Edeldame noch in der Nacht zwischen den Rhododendronbüschen vergraben, obwohl wir nicht genau wissen, ob das erlaubt ist in der Heimaterde. Die Kinder haben am anderen Morgen nur noch einen frischen Erdhügel gesehen. Und da, wo bisher Smilla in unseren Herzen war, ist jetzt ein Loch.

Vermutlich war das der Grund, warum ich nie ein Haustier haben wollte.

Es gibt keinen Zusammenhang?

Tja, und nun?

Sitzen wir in der Kolumbusstraße einszweidrei und warten darauf, dass der November aufhört. Die rechte Heiterkeit mag sich nicht einstellen, und trauriger soll dieser traurige Monat bitte auch nicht werden. Wir hocken beisammen, vielleicht noch ein bisschen näher beisammen als sonst, gucken trübe auf das ewige Lämpchen, das draußen rot auf dem Erdhügelchen zwischen den Rhododendren flackert, und machen uns Gedanken. Ob wir eine neue kleine Katze kaufen sollen? Am besten sofort?

Rosa sagt nein. Und Jan versteht das, weil das mit Rosas Herzwunde so ist, wie es damals mit seiner Fußwunde war (als er versucht hatte, die Grugabahn aus dem Gleis zu treten): Das schmerzt und muss erst mal zuheilen. Und das geht nicht so hoppla, sondern langsam. Und dann gibt es eine Narbe. Und irgendwann ist alles wieder ziemlich gut. Und dann kann man mal überlegen, ob …

Dass dieser verdammte November aber auch seinem Ruf alle Ehre machen muss! Reicht es nicht, dass das Weinlaub selbstmörderisch von der Häuserwand zu Boden raschelt? Dass man wieder nasskalte Füße kriegt und der Heuschnupfen vom Stockschnupfen abgelöst wird? Dass wir unseren blöden Keller wieder mit Eimer und Aufnehmer trockenlegen müssen? Dass man morgens aus dem Fenster guckt und glaubt, es sei schon Abend?

Ich vermute, das ist so, wie es ist: Die Wissenschaft hat festgestellt, dass es überhaupt keinen Zusammenhang zwischen Vollmond und Kreißsaal gibt – und doch weiß jeder, dass es stimmt. Und, wehe, wenn der Gefoulte den Elfmeter selber tritt! Dann muss er sich nicht wundern. Man muss nicht abergläubisch sein, um sachlich festzustellen: Was schief gehen kann, geht schief, meistens, und im November ist die Welt noch schiefer als sonst.

Und weil das wohl so ist, trau ich mich kaum, es auszusprechen: Natürlich leben wir jetzt in großer Sorge um unseren verrückten Indiana Jones. Jones hat am Tag nach Smillas Tod zwei Stunden lang auf ihrem Grab gelegen und Mahnwache gehalten. Und jetzt muss er sich draußen im eher engen, aber baumhohen Bartel-Garten seiner Haut wehren, wo ehedem seine Mama für klare Verhältnisse gesorgt hatte – in ihrer vornehmen Art zwar, aber offensichtlich höchst effizient. Neuerdings wird draußen mit Hipplers Sammy und Flo mächtig um die Weltherrschaft gefaucht, und Jones versteht nun gar nichts mehr. Immer wieder kommt er atemlos und ganz verdattert ins Wohnzimmer gemaunzt und sucht Trost. Ist ja erst ein Jahr alt, der Bengel.

Aber dass er nun seinerseits auf dem Jones-grauen Kolumbusstraßenpflaster größere Vorsicht walten ließe, kann man auch nicht behaupten. Er glaubt immer noch, der Dussel, dass Autos im Kern gut seien: Menschen halt, mit Blech drumrum. Wir haben Jones ein reflektierendes Halsband verpasst und hoffen, dass es nutzt. Jan würde seinen Kater am liebsten komplett unter Verschluss halten, aber wir sind gemeinsam zur Überzeugung gelangt, dass das aus unserm glücklichen Kater einen traurigen machen würde; weil es einen Zusammenhang zwischen Glück und Risiko gibt wie zwischen Angst und Liebe.

Wir haben ihm natürlich von Kollegin Jacquelines (wir sagen immer Jackeline) neuem Dritter-Stock-1200-Marks-Katerchen erzählt. Der ist viel zu teuer zum Draußenrumlaufen- und Klauenlassen und gehört zu einer Rasse, die aus Überzeugung Haus-Katze ist. Das Katerchen heißt übrigens Klaus, und Klaus bleibt im Haus und geht nie raus. Dafür tigert Kater Klaus, offenbar immun gegen die offene Haustür, durchs ganze Haus, schnurrt und schnorrt bei allen Nachbarn, und wenn Jackeline »Komm, Klaus! Kläuschen, komm!« ruft, dann ruft der nette Nachbar vom Parterre schon mal »Gerne, gleich!« nach oben. Der heißt nämlich auch Klaus.

Fine und ihre Daumen

Ach, Fine. Fine war ein folgsames Kind, kartäusersilbergrau, Bernsteinaugen, sanft. Naja: ziemlich. Fine war größer als Indiana Jones, nicht ganz so groß wie Earl Grey und nicht ganz so dick wie die dicke Bertha, aber alles fast, und es kann auch sein, dass es meistens Marlene war, wenn wir von Fine sprachen, als sie klein war und noch flotte Lotte hieß. Unglaublich, diese Familienähnlichkeit: ganz der Vater, den wir nicht kennen, vielleicht.

Natürlich war auch Fine Philanthropin, und gekratzt hat sie nie, na, fast nie, und wenn, dann nur ihre Geschwister und nur aus Spaß und Dollerei und Notwehr und Liebe. Was Fine allerdings von allen anderen unseren Katzenkindern unterschied, das war die Fine-Macke. Fine lutschte Daumen. Fine lutschte nicht an ihrem eigenen Daumen, denn Katzen haben keinen Daumen, Fine lutschte Menschendaumen, und wenn die Menschendaumen wund und abgelutscht waren, dann lutschte sie auch Handballen, Menschenhandballen, versteht sich.

Wir wissen nicht, was da frühkatzenkindlich an Smillas Zitzen passiert ist, wir wollen es nicht einmal ahnen, aber Fine zuzzelte an Daumen rum wie unsereins an der Weißwurscht, und ich weiß von meinem Freund T. O. und von Hannah und Hannahs Mama, dass sie sich verschämt im Zooladen erkundigt haben, ob es denn dort eventuell Schnuller gebe, Katzenschnuller, klar.

Nein, gab es nicht. Und so wartete Fine jeden Abend darauf, dass ihre Daumen von der Arbeit heimkämen, und die daheim gebliebenen, wunden Daumen wurden feste gedrückt, dass sie recht bald heimkämen: Daumenablösung. Und wenn das Auto des Daumens aus tausend anderen Autos mit Katzenohren herauszuhören war, dann sprang Fine mit einem ihrer gewaltigen Sätze (Fine war eine großartige Springerin) auf die

Fensterbank und begrüßte den neuen Daumen. Der freute sich, gerührt, und hoffte, dass die wilde Fine nicht wieder freudig zu den Nachbarn springen würde wie eine Übersprungshandlung.

Mit den Nachbarn nämlich hatten Fines Daumen ein paar Probleme. Die Nachbarn, müssen Sie wissen, hatten eine Art Glück-Allergie. Die reagierten auf gute Laune und CD-Player nebenan, indem sie überhängende Blumen an der Grundstücksgrenze bis tief ins Fleisch hinein abschnitten, eine Art Rosenkrieg am Maschendrahtzaun, jene Art von Dauerkonflikt, die einen innerlich Filzpantoffeln anziehen lässt und die Lebensqualität abschafft, bei Wohneigentum erst recht. Die Wohnung ist ein Pulverfass und man selbst die Lunte. Und man bleibt eigentlich nur wohnen, um die Nachbarn zu ärgern.

Fine störte das nicht. Fine turnte sportlich über ihren Balkon auf deren Balkon, sprang schlank durchs Schlafzimmerfenster nebenan und tobte bester Dinge auf dem nachbarlichen Ehebett herum. Sehr unfromme Gebete sowie ziemlich albernes Girren und Gurren sollen es schließlich bewirkt haben, dass sich Fine, die Menschendaunen fast so liebte wie Menschendaumen, eine Minute vor der Rückkehr der Nachbarn wieder heimwärts trollte. Armageddon fiel aus. Aber als sie daheim Daumen lutschen wollte, war fast nichts mehr dran.

Es war kurz nach Ostern, als T. O. über Handy anrief. Wir rutschten auf dem Rückweg aus Apulien bei 20 Zentimeter Neuschnee halb blind und ziemlich müde mitten auf dem Brenner herum, als T. O. mit Grabesstimme sagte, Fine sei tot. Zwei Tage ausgeblieben, dann gesucht und schließlich gefunden worden mit einem tiefen Loch in der Brust. Er vermutete Mord. Es gebe im Viertel Gerüchte, dass da ein Irrsinniger in Essen-Süd auf Katzen schieße; es könnte aber auch sein, dass sie vom Baum gestürzt und von einem Ast durchbohrt worden sei. Oder es war ein Hund. Oder. Die Tierärztin wisse es auch nicht. Und er wolle uns das nur sagen, weil es sich ja um ihre Fine handele, unsere, und – er sei sehr traurig.

So kannten wir den guten alten T. O. gar nicht. Wir haben uns im tanzenden, wirbelnden, stillen Flockenchaos Richtung Österreich angeschwiegen, bergab bis zur Ausfahrt hinter der Ausfahrt Axamer-Lizum, über die wir sonst immer so schön blöde Witze machen, obwohl da immerhin mal eine Olympia-Damen-Abfahrt stattgefunden hat. Diesmal dachten wir, wie traurig T. O. geklungen hatte und wie traurig Hannah sein musste und wie wir das Smilla beibringen sollten, der armen Smilla, und Jones.

Kurz vor dem steilen Anstieg Richtung Seefeld stellten wir fest, dass wir vergessen hatten, für diese lächerlichen drei, vier Kilometer österreichischer Autobahn eines dieser skandalös beutelschneiderischen, wegelagerischen, gemein überteuerten und zudem hinterfotzig terminierten Autobahn-»Pickerl« zu kaufen: glatt vergessen. Und niemand hatte uns erwischt. Hahaaa!

Na, wenigstens das. Und Katzen sind Katzen. Katzen trauern nicht.

Aber Katzen lutschen auch nicht Daumen. Trille zum Beispiel lutscht natürlich keine Daumen, außerdem sieht sie völlig anders aus als Fine: weiß mit schwarzem Stippen auf der Nase, Kartäuserbastard ebenfalls, aber optisch folgenlos. Trille kam an Weihnachten zu Hannah und Hannahs Mama und T. O. Vorher wollten sie nie wieder eine Katze, ein ganzes Dreivierteljahr lang. Jetzt schnurren sie wieder, und wir drücken ihnen die Daumen.

Der hat doch einen im Tee

Und Earl? Der gute alte Earl Grey? Indiana Jones' großer, starker, löwenköpfiger Bruder, der Ritterliche mit den Heldentatzen, der kartäuserigste, der Muskelkater dieses großen Wurfs? Dem geht es gut bei Fritz und den anderen wunderbaren Menschen, die er unter sein sanftes Joch gezwungen hat. Earl Grey ist ein Mordstrumm geblieben, hat ein bisschen Fett angesetzt seit der Kastration, aber bei Typen wie ihm sagt man nicht »fett«, sondern »stattlich«. Steht manchmal lässig rum in der Etagenwohnung wie James Dean vorm Chevy mit Zigarette im Mundwinkel, nur ohne Chevrolet und Zigarette im Mundwinkel. Earl?

Spinnt auch, wie man hört, und zwar gewaltig.

Dass er schon als Kind gern Wannengolf spielte, erwähnte ich irgendwann: den Pfropfen rausangelte und dann – schwurr! – durch die Wanne prügelte. Schwurr, schwurr! Pflöck! …

Bleibt nachzutragen, dass er's noch immer tut und gern. Neu ist, dass er das Badezimmer mittlerweile als seinen Golfplatz betrachtet und das Abflussloch in der wasserlosen Wanne als sein privates Green. Mit Loch 18. Und das verteidigt er notfalls mit Krallen und Zähnen: legt sich, Teil eines Pazifistenwurfs, auf den Rücken, guckt wie ein böserböser Killer-Kater und schrappt und zwickt, was immer baden will. Er ist der Greenkeeper, Wannenhüter, Häuptling Wannetou, und sein Gesetz gilt: Howgh!

Sonst hat er nicht so arg viel Bewegung, er ist eine Indoorkatze, die einzige Einheimische von Smillas Blagen, sozusagen. Gerade mal zwei Meter Leine hat Earl, die reichen über den Balkon bis zum Vordach an den Rand der Regenrinne. Von dort kann er den Tibet-Terrier Tiffy sehen und nach Herzenslust anfauchen, der unten auf dem Hof den Kater sieht und nach Herzenslust kläfft. Bevor Grey seine Ein-Kater-Invasion landete, war Tiffy, der aussieht wie ein vierbeiniger, hinten wackelnder Flokati, häufig zu Gast bei Fritz und Co. Auch jetzt kommt er noch manchmal, wenn zufällig die Tür auf ist, um Earl Greys Futter aufzuessen. Das würgt er dann zwar im Parterre regelmäßig wieder aus, denn Buchstaben-Brekkies (und Earl isst als Trockenlesefutter ausschließlich Buchstaben-Brekkies) verträgt er nicht, aber das ist es ihm offenbar wert. Earl gibt es in diesen Momenten nur virtuell. Aber irgendwann wird er Tiffy essen, der Kater den Köter, so viel steht fest.

Naja, ein Golfer. Aber sagte ich schon, dass er auch ein Muttersöhnchen ist wie alle seine Geschwister und dass alle Menschenmänner ringsum eifersüchtig sind? Sogar wenn sie – an Wochenenden – auch mal im Lesesessel sitzen dürfen? Dass er, wenn er nachts ins Schlafzimmer darf, Geräusche macht wie ein Moped, warum er auch nachts nicht ins Schlafzimmer darf? Und dass er, weil er nicht ins Schlafzimmer durfte, ab sieben Uhr morgens an der Schlafzimmertür kratzt wie ein Vandale an Mopedlack? Dass man nur mittags mit einem (seinem) weißen Schlaflappen wedeln muss und gurren: »Early, heia!«, und er haut sich prompt aufs Katzenohr für fünf Stunden Mittagsschlaf? Ach ja, und dass er flippert?

Earl flippert, mein Sohn hat es ihm beigebracht, angelegentlich eines Kurzbesuchs, und zwar an so einem kleinen, albernen Plastikflipper, den man auf den Boden legt, bei dem man am Spiralfederbolzen zieht und kleine Flipperkugeln in Fünfer-, Zehner-, Hunderterlöcher flippert – Wannengolf für Arme, irgendwie. Earl Grey liebt es. Earl jagt jede einzelne Kugel, bis das Untier ermattet still liegt, auch wenn es nicht größer ist als die Untiere, die mir mal zu Hunderten aus Mutters Gardine gefallen sind. Earl ist ein Pinball Wizard, süchtig nach Flippern. Wenn Fritz und Co Earl in der Wohnung suchen und nicht finden können, müssen sie nur kurz den Flipperbolzen ziehen – schnack! –, und der unsichtbare Kater materialisiert sich auf der Stelle.

Ein Meisterjäger, ein Jägermeister! Ich bin mir durchaus bewusst, dass dieser Kater, anders als unser Jones, echte Starqualitäten hat. Aber er hat halt auch gewaltig einen an der Klatsche. »Unser Kater hat telefoniert«, mutmaßte neulich morgens der verkaterte Menschenmann, »der Hörer liegt neben dem Telefon.«

»Tut er oft«, sagte die menschliche Katerfrau.

»Nicht so«, sagte der Katermensch, weil nämlich der Katerkater das Spiralkabel vom Hörer abgebissen hatte und der Hörer in zwei Metern Entfernung kabellos herumlag.

Allerdings hatten sie zum Glück noch ein schnurloses Telefon in der Wohnung. Allerdings hatte das der Kater auch gemeuchelt: Das Ladestationskabel war gleich hinterm Schalter durch die Zähne gezogen worden.

Das ging ein paar Mal so. Dann griffen Fritz und Co zum Äußersten, was die deutsche Chemie und die deutsche Sprache an »Hochmodernem ohne Treibgase« hergeben: »Katzenfernhaltepumpspray«!

Katzenfernhaltepumpspray.

Katzenfernhaltepumpspray.

Ach, Earl …

Wie Hund und Katz

Doris hat lange für einen Tierarzt gearbeitet. Doris spielt mit Frau Miau Mädchen-Doppelkopf, das vermutlich unter das Verdikt der Genfer Konvention fiele, würden all die Böcke, Doppelböcke, Dullen, Schweine und sonstigen kartenspielerischen Bastarde ruchbar – aber Doris ist von Tieren ganz hin und weg. Und darum hat Doris ja auch damals unsere Elfriede bekommen, die hellfellige, samttatzige Elfriede, die uns als Erste verließ und fortan Marlene hieß.

Elfriede ist eine glückliche Katze, und sie liebt Klara Schultz mit -tz, was nicht weiter bemerkenswert wäre, handelte es sich bei Klara Schultz nicht zufällig um einen Hund, eine ziemlich große, schäferhundartige, leicht knickohrige Mischlingshündin. Das ist Doris' Tierkunde und Weitsicht zu verdanken, denn genau darum hatte sie ja unsere Elfriede so früh zu sich geholt: wegen des Kindchen- bzw. Kätzchen- und Hündchenkindchenschemas: damit sie und Klara sich aneinander gewöhnen und vertragen konnten wie Hund und Katz, statt sich zu kratzen, zu beißen und böse zu verhauen wie Menschen.

Ganz am Anfang, Marlene war ja noch so klein, hat Marlene bei Doris den Panther gespielt: einen riesigen, SEHR grimmigen, grauen Panther. Aber Klara hat sie freundlich abgeleckt, wie sie das heute noch tut, und die Liebe brach aus wie ein netter Virus. Marlene (2) und Klara (7) fressen aus demselben Napf. Das heißt: Tagsüber frisst Marlene Klaras Hundenapf leer, weshalb sie nachts pappsatt ist, weshalb ihr Katzennapf meist voll ist, den dann die gute Klara Schultz aufisst. Dann sind die beiden wieder quitt und machen Löffelchen. Doris hat es mal gewagt, nur Klara auf einen Kurzurlaub mitzunehmen. Das tut sie nie wieder, denn ihre Freundin, die aufs Haus und die Katze aufpasste, starb tausend Tode:

Marlene blieb nämlich drei Tage lang verschwunden, Klara suchen.

Marlene geht auch mit Klara einkaufen, wenn Klara mit Doris zum Lidl-Supermarkt geht. Klar, Klara muss dann draußen bleiben, aber Marlene auch. Rührt sich nicht vom Fleck, bis Doris wiederkommt und Klara wieder geht. Sagte ich, dass Marlene morgens Klaras Hunderunde mitgeht?

Marlene ist übrigens, wie alle Smillaiden, eine ausgesprochen geschwätzige Katze. Die Doppelkopf-Mädels behaupten, dass sie an Doppelkopfabenden bei Doris, jede für sich, von Marlene mit einem Original-Ton begrüßt werden. Wenn sie aus dem Garten kommt, miaut und mault und nölt sie alles laut heraus, was sie draußen erlebt hat. Telefonieren? Nein, kann sie natürlich nicht. Kann aber auch Doris nicht, weil Marlene immer auf ihren Schoß hüpft und penetrant dazwischenquatscht.

Es gibt allerdings etwas, das Marlene – fast – so gern hat wie Quasseln und Klara: Das sind Krabben. Und diese Krabben sind dem Hühnerfutter untergemischt, das sich im Hühnerstall befindet, in dem sich zwei Hähne befinden: ein hübscher Zwerghahn, dessen Name nichts zur Sache tut, und der große, starke, weiße Leghornhahn Bruno. Und drei Zwerghühner und zwei Leghornhennen. All dieses Federvieh macht in der Regel ein Mordsspektakel, wenn Marlene mal wieder in den Hühnerstall einbricht – dabei will Marlene ja doch nur das eine: Krabben pulen aus den Körnern. Das kapiert aber Bruno nicht, der große, starke Leghornhahn. Dieser heldische Vertreter einer großen deutschen Hahn-Dynastie kakelt und spektakelt am lautesten von allen – und zwar aus der zweiten Reihe, nachdem er sich hinter seinen Hühnern verschanzt hat: eine weiße Kapitulationsfahne mit Schnabel vorn. Glauben Sie nicht? Fahren Sie nach Oberhausen-Osterfeld! Oder fragen Sie Marlene.

Ach ja, Marlene … Marlene hat was. Wir hätten uns Marlene gut als Freudenmädchen für unseren Jones vorstellen können. Haben wir auch. In der leicht bangen Hoffnung, aus der Kreuzung dieser beiden Herzchen könnte eine bernsteinäugige, hochvornehme, kleine, hellsilberbeigepatinierte, lilacfarbene Britisch-Kurzhaaredeldame hervormendeln, eine, die uns am Auto abholt und zur Haustür bringt, bei ausgedehnten Spaziergängen bei Fuß begleitet und – Jonny, herhörn! – lebendige Mäuse fangen und schwanzlose Spielzeugmäuse apportieren kann, die Humor und Takt besitzt und jedes Wort zu verstehen scheint, und …

Und dann wird Marlene schwanger, Vater unbekannt. Und Jonny, der arme Kerl, der so lange auf Marlene gewartet hat, ohne es zu wissen, der wird entmannt, entmendelt, katztriert. Armer grauer Kater.

Aber toi toi toi, Marlene, wir sind gespannt auf deinen Wurf, mit Neffen und mit Nichten. Und schönen Gruß an Tante Klara!

Liebe geht durch den Magen

Lilly isst. Lilly isst gern. Lilly isst viel. Lilly ist rund.

Lilly war einmal die dicke Bertha, weil sie das dickste von Smillas Fünflingen war, jetzt ist sie Lilly und dick. Dicke Lilly, gutes Kind, heißt jetzt mit Nachnamen Grobe-Weinstock von Bartel und isst immer brav den Teller leer. Und noch einen. Und noch einen. Und wenn Ulrich Weinstock jeden Morgen um kurz vor fünf kapitulieren würde und sie fütterte, wie er es einmal tat in einer schwachen Vollmondnachtstunde, oder wenn sie den Kühlschrank allein öffnen könnte, woran sie heftig übt, dann würde Lilly jede Nacht durch die Etagenwohnung in Essen-Süd gespenstern und essen, essen, essen.

Egal was.

Die Grobe-Weinstocks haben viel Zeit darauf verwendet, herauszubekommen, was Lilly besonders gern mag. Heraus kam: alles. Und zwar: oft. Und: viel!

Wobei sie – wie man hört – lauwarme Pellkartoffeln mit Kräuterquark den rohen Röhrennudeln noch ein kleines bisschen vorzieht. Vermutlich, weil man bei Pellkartoffeln mit Kräuterquark nicht extra den Vorratsschrank öffnen (wie? wie?) und die Packung aufschlitzen muss. Wenn die Tür klemmt, kann man übrigens immer noch zu den Nachbarn in den dritten Stock tigern, da wohnt Jule. Jule ist eine alte Katze, und sie hat nicht mehr so großen Appetit, und wenn man lang und laut genug auf der Türmatte maunzt, machen Jules Dosenöffner auch gern die Tür auf und helfen vollschlanken, doch von akuter Auszehrung bedrohten Nachbarkatzen in der Not.

Jule macht sich derweil unsichtbar. Das muss sie nicht sehen, das muss sich eine Katze in ihrem Alter nicht mehr antun. Außerdem weiß sie ja, dass Lilly nicht immer so war, so –

verfressen. Dass alles erst begann, als sie diese Klagelaute ausstieß und sich wie irre auf dem Boden herumwälzte, sodass die Grobe-Weinstocks wegen dringenden Verdachts auf Katzenvergiftung spätabends die Bartels um Hilfe riefen! Und die Bartels das mit den Schmetterlingen und den Bienchen erklärten und woher die kleinen Kätzchen kommen und Lilly dermaßen dazwischenjammerte, dass die Grobe-Weinstocks ihre Lilly beim Tierarzt von jeglichen Kater- und Kinderwünschen befreiten.

Seitdem isst Lilly.

Habe ich erwähnt, wie Lilly in den dritten Stock gelangt? Mit dem Aufzug natürlich. Lilly liebt Aufzugfahren, vermutlich deswegen, weil es nicht schlank macht. Wenn Grobe-Weinstocks Wohnungstür aufgeht, weil zum Beispiel Lillys Frau Miau, die Barbara heißt, in den Gemeinschaftskeller möchte, dann flitzt Lilly – sst! – ebenfalls raus und fährt im Aufzug mit. Im Keller wartet sie dann geduldig auf Vor- und Hauptwaschgang und guckt Trommel. Wenn sie das Programm schon kennt, steigt sie auch schon mal selbst in die Maschine und schaukelt ein bisschen oder spielt Schleudern oder mit den Wäscheklammern, bis die Wäsche trocken ist. Wenn Lillys Frau Miau dann sagt: »Lilly, Wäsche ist fertig!«, dann schnauft sie zu Fuß zurück in den dritten Stock, denn sie fährt zwar leidenschaftlich gerne mit dem Aufzug runter, aber nun mal überhaupt nicht gerne rauf. Lilly ist schrullig wie alle Smilla-Kinder.

Was sie nicht mag, sind Leute, die ihr bunte Schleifen an den Schwanz binden. Oder wenn man sie stört, wenn sie sich putzt. Oder schläft. Oder: ISST! Dann macht sie von ihrer Kratzwaffe Gebrauch, ganz anders als zum Beispiel Indiana Jones, der gar nicht weiß, wie das geht. Was Lilly auch nicht mag, das ist Besuch – obschon sie nicht fremdelt. Aber Besuch bedeutet halt auch Bewegung, Geruchsverschiebung, Unregelmäßigkeit, und Rhythmus muss sein, denn dieses Tier ist ein Gewohnheitstier. Sie lässt sich durchaus streicheln und kugelt sich auch ganz routiniert mit all ihrer unzierlichen, doch unstrittigen Schönheit in die Herzen der Gäste; aber wenn die endlich weg sind, dann ist sie fix und fertig und legt sich erst mal hin. Wegen der Aufregung. Die zehrt! Dabei ist sie durchaus mütterlich und macht im Fieberfall für die eigene Familie das Katzenfell.

Dafür wiederum gebührt ihr eine Belohnung. Zum Beispiel Joghurt. Oder Sahnequark. Oder Ann-Kristins Vanillepudding. Oder zumindest der Löffel drin, den sie beim Abendessen hingebungsvoll ableckt.

Das nächste Abendessen gibt es ja erst kurz vor Mitternacht, damit sie nicht gegen eins, zwei, drei, gegen vier, gegen fünf oder gegen sechs Uhr vor Heißhunger an der Küchentür herumrandaliert. Aber es gibt natürlich nicht viel, denn Barbara, Ann-Kristin und Uli achten schon auf Lillys Linie. Nein, Lilly, es gibt nichts mehr! Höchstens ein winziges Tütchen, Schälchen, Näpfchen. Nur ein bisschen.

Bildschön, aber ein Feigling

Ach, Jones! Indiana Jones! Unser Kater ist ein bisschen doof. Nein, das stimmt nicht: Jones ist eher ziemlich doof als nur ein bisschen. Und er ist ein Angsthase, ein bildschöner, ein stattlicher Angsthase, aber ein Angsthase. Hat mittlerweile ein Kreuz wie ein Bergmann und schreitet durch die Heimaterde wie Graf Koks von der Gasanstalt – aber nur, wenn wir Geleitschutz geben, möglichst einer links und einer rechts. Wenn nicht – keine Ahnung, wo er dann ist. Ich vermute: in Panik.

Das kommt davon, dass seine Mutter so früh starb und dass er Halbwaise ist, mindestens; dass er seinen Vater nie gekannt hat; dass er von seinen Geschwistern getrennt wurde. Davon kommt das. Vielleicht.

Richtig ist, dass er das mickerigste der fünf patinagrauen Smilla-Babys war, die knopfigsten Knopfaugen hatte und einen Rückenhaarwirbel, der ihn immer etwas verstrubbelt aussehen ließ. Lässt. Und Sie wissen ja, dass einer der Fünflinge nach dem Kaiserschnitt reanimiert werden musste. Und dass wir dabei alle auf Jones tippen.

Doch, Jones ist ein Feigling. Und doof. Wäre er nicht so doof, würde er, wie Smilla selig, den beschwanzten oder unbeschwanzten Spielmäusen aus der Spielmaushaushaltspackung nicht nur hinterherhetzen, solange sie fliegen, purzeln oder stürzen, sondern sie artig zum Mauswurf zurückbringen. Allein, daran verschwendet er keinen Gedanken. Er schnellt den Mäusen großartig hinterher, erdolcht sie maunzend und keckernd mit allem Spitzen, was er hat, und dann – guckt er ratlos über die graue Schulter und sieht aus wie ein Kater, der komplett vergessen hat, was er eigentlich wollte, wer er ist, woher er kommt und wohin er geht und wieso überhaupt. Jones ist in solchen Momenten ein einziges großes, dummes »HÄ??!«

Smilla hat die Mäuse apportiert wie andere Hunde. Smilla, um das mal zu sagen, konnte man auch vorne durch die lila Haustür rauslassen. Sie kam, wenn sie wollte, hinten durchs Kellerfenster wieder reinspaziert. Jones? Würde vorn auf der Treppe verhungern, greinend. So viel zur Gen-Debatte.

Nun, Jones hat, und auch das ist eben Jones, die ersten zwei Tage über Smillas Grab zwischen den Rhododendronbüschen gewacht, und er ließ sich weder durch das Flackern der ewigen Lämpchen von der Stelle locken (die nach dem Willen und Wirken meiner Tochter heute noch brennen) noch von Sammy und Flo Hippler nebenan, noch von Hühnerleber mit Kalbsbrust.

Dann war er drüber weg.

Was wir nicht ahnten: Seitdem seine Trauerzeit vorüber ist, hat er gar nichts mehr zu lachen. Sammy und Flo scheuchen unsere Schmusebacke begeistert jeden Baum in unserem Garten rauf (und wir haben viele Bäume) und sorgen dafür, dass er selten wieder runterkommt. Smilla, die kleine vornehme Smilla, hatte die Rotzlümmel offenbar gut im Griff und den Kolumbusgarten 123 im Namen des Sohnes mit bewacht. Nun riecht er wieder streng nach Katerkampfgebiet wie zu O'Mallys Zeiten – markieren ist nicht nur so tun als ob: Es stinkt sehr real, und könnten Katzen Veilchen kriegen, Jonny hätte immer eins. Schon schneiden ihm die Mäuse Fratzen. Neulich haben wir zum ersten Mal in unserm Garten ein Eichhörnchen gesichtet. Seelenruhig hat es Meisenknödel geknabbert, während die Meisen Jones, der sich offensichtlich fürchtete, einen Vogel zeigten. Über seine schmählichen Niederlagen beschwert er sich zunehmend durch lautes Wehklagen. Wir haben keinen sonderlich viel versprechenden, aber viel sprechenden Kater. Er greint eigentlich den ganzen Tag herum und manchmal auch nachts. Und am allerliebsten heult er meiner Frau, seiner Leitkatze, sein Katzenleid. Die schwört, dass er sagt: »Frau! Frau! Hau! Mi! Au!«

Und es funktioniert. Frau Miau spielt Bodyguard und funkelt die Nachbarkater, die uns einst so sympathisch waren, über die Staatsgrenze. Und Extra-Leckerchen auf der Terrasse gibt es auch nicht mehr. Nicht mal Trockenfutter, pöh!, da kann Flo, der Fresssack, noch so betteln. Und dass sich Jones Bartel vor Flo Hippler neulich morgens um vier jammernd tief in unserem Ehebett verstecken musste, während der piratenaugenklappenschwarze Flo hämisch die lila Treppe raufkicherte, droht, wenn wir nicht fies aufpassen, allmählich sogar das freundschaftliche Verhältnis zu unsern Katernachbarn anzukratzen. Aber wir passen natürlich auf. Außerdem – es sind ja nur Katzen.

Ich bin nämlich auch sensibel

Au weia, da ham wir den Salat: Indiana Jones ist stinkesauer auf mich. Ich glaube zwar nicht, dass er die letzte Kolumne selber gelesen hat (zu doof, sagte ich doch), aber er hat sie sich offenbar vorlesen lassen, und was er da hörte, hat ihm gar nicht gefallen. Er legt sich, wenn ich auf dem Sofa zu überwintern versuche, gut und gerne einen Meter weit weg, statt Löffelchen zu machen wie sonst. Und wenn ich versuche, mich mit Kosenamen und allerlei Geschnalze bei ihm anzuschleimen, gähnt er wie ein Scheunentor und guckt mich so unverschämt halbschräg von unten in Grund und Boden, wie nur Katzen gucken können.

Nun, damit käme ich ja vielleicht noch klar, aber meine Frau wirkte am vergangenen Samstag ebenfalls eigentümlich unbegeistert. Und das gefiel mir gar nicht.

Sie müssen sich das nämlich so vorstellen: Samstagmorgens, wenn die ganze Familie Bartel in aller Ruhe gemeinsam frühstückt, wenn also der Frühstückstisch schier zusammenbricht vor duftend frischen Brötchen und die Kinder Cornflakes essen wollen (oder eine Cerealienmesse nebst Gesundheitsverkündung gefeiert wird und die Blagen nach Leberwurst schreien), also samstagmorgens bin ich der nervöseste Mensch westlich des Urals. Dann nämlich schnappt sich meine Gemahlin wortlos die »NRZ am Sonntag« und liest zuerst – die Kolumbuskolumne. Und ich (weil ich ja schlecht vor den Kindern und dem Kater das Nägelkauen wieder anfangen kann) mache ein Gesicht wie Waschbeton, lese fahrig über den Leitartikel drüberrüber oder turne im Sportteil herum, und warte auf das Urteil.

Wenn's nach 30 Sekunden noch nicht leise gekiekst oder geschnauft hat, ist das Frühstück für mich praktisch gegessen. Wenn die Bittermandel-Augen meiner schönen Gefährtin die dritte Spalte passiert haben, ohne dass ein Hauch von Erheiterung ihr Antlitz gestreift hätte, ist der Vormittag versaut.

Ich will ja wirklich nicht angeben: Aber das, ä-hem, passiert relativ selten, und sei es, weil jemand, der mit mir zu leben gelernt hat, bereit sein muss, sich auf jedem Niveau zu amüsieren.

Am letzten Samstag aber war sie hinter der Zeitung verschollen wie hinter einer Lärmschutzwand, und man hörte, was man hören würde, wenn eine Stecknadel nicht runterfiele, sondern rauf. Es herrschte – Sie verstehen, was ich meine – so etwas wie absolute Geräuschverweigerung, totale Ohrenfinsternis, das gerade Gegenteil des Urknalls – es war furchtbar.

Dann legte sie die Zeitung weg und begann den Kater zu kraulen, und wenn ich's nicht besser wüsste, ich würde schwören, Jones hätte »Ätsch!« gesagt.

Ich habe angeblich Indiana Jones beleidigt – ich, der noch nie zuvor einen solchen Kater hatte, also im Sinne von: so gern. Ich habe ihn mit streng verbotenen feinen Kochschinkenscheiben gefüttert, habe ihm im Bademantel bei minus drei Grad den Rückzug gesichert, als ihm die Mafiakater von nebenan im Garten ans Katzenfell wollten. Außerdem bin ich ein seriöser Journalist und der Wahrheit verpflichtet!

Nein, das war kein Fall für den Katzenschutzbund und für Frau Lemärie aus Duisburg (schöne Grüße!), wohl aber fürs Familiengericht. Jones sei nämlich nicht doof, nur etwas – zerstreut. Er sei nicht doof, er denke nur – anders. Und feige sei er auch nicht, sondern nur über die Maßen sensibel und – schüchtern, genau, schüchtern sei er auch, und das finde sie besonders süß, und dann kraulte sie »meinen Hübschen« (Jones!) und piepste dabei wieder so mäusisch, wie Frauen jeden Alters vor besonders niedlichen Kleinkindern piepsen, und keiner weiß, warum.

»Ich bin auch sensibel!«, wollte ich rufen, »sehr sogar! Und so schüchtern wie dieser blöde Feigling von Kater bin ich schon lange, und solange der seine Pfoten auf meinen Tisch legt, was er übrigens nicht darf, verlange ich für meine kleinen Artikelchen am Samstagmorgen zumindest ein Mindestmaß an Enthusiasmus!«

Aber so was sagt man natürlich nicht. Wer ist man denn?! Außerdem ist man dazu viel zu sensibel und zu schüchtern.

Nämlich.

Wassernurhat? fragten die Kinder. Wassernurhat? fragte die Frau. Und alle hatten die Antwort längst gefunden, entstaubt, poliert und vor die lila Tür gesetzt, auf dass ein jeder sie sehe: Einen an der Waffel hat der Vater, das hat er!

Meine reizende Familie behauptet, ich zeigte gegenüber unserem viel geliebten Kater eine gewisse Überreaktion. Sie wollen gar eine dunkle Histaminwolke wahrgenommen haben, die sich neuerdings über unser Familien-Idyll hinterm Wilden-Wein-Geranke legt. Ja, sie haben die Stirn, zu behaupten, ich sei EIFERSÜCHTIG!

ICH!

AUF EINEN KATER!

Bloß, weil ich festzustellen gewagt habe was eh ein jeder weiß, der sich mehr als fünf Minuten in der Kolumbusstraße 123 aufhält, sich über schwanzlose Placebo-Mäuse und schwer geknickte gelbe Ballermannstrohhalme wundert und das vollkommen hirnbereinigte Gejammer hört, mit dem sich HERR Indiana Jones nach zehn oder mehr Stunden völlig anlasslosen Heilschlafs von einem seiner 20 Lieblingsheilschlafplätze erhebt: zum Beispiel unterm Dach (im Korb mit der frisch gewaschenen Wäsche) oder im ersten Stock (auf der Badezimmerfensterbank, damit man das Fenster nicht öffnen kann). Von dort erhebt sich, welcher lange schlief, und verkündet unter melodramatischem Au-Miauen der erstaunten Weltöffentlichkeit, dass er, Jones, jetzt persönlich zu speisen gedenke – und zwar: in der weiß gekachelten Küche (aufbrandender Beifall), aus seinen blitzenden Chromnäpfen (Jubel), 20 Zentimeter entfernt von jener Dreistufentreppe (Kreischen), die einst Jan die Narbe ans Kinn drückte (Pfiffe, Getrampel, Ekstase, Blaulicht) – also da, wo er immer isst.

Bravo! Unser Kater ISST! Ein Genie! (Da seht ihr mal, liebe Kinder, wie wichtig Orthographie und Zeichensetzung sind.)

Am liebsten hat es dieser Buffo, wenn man ihm bei einem seiner sieben, acht Mittagessen den grauen Bauch krault. Das hat er von seiner Mutter selig, die quasi ausschließlich handbetrieben aß. Wird er nun brustgekrault, dann buckelt unser Jones bullernd wie ein Zwölfzylinder-Maserati einen so hinreißenden Katerbuckel hin, dass man schwören möchte, er wäre pottschwarz wie ein dreimalschwarzer Kater aus dem Hexenbuch.

Und wenn er dann gegessen hat, dann stakst er pomadig umher und greint schon wieder, laut, um kundzutun: ICH, JONES, HABE GEGESSEN! Ich esse gut, ich bin ein guter Esser, ist das nicht großartig, wie großartig ich esse? – *Burps!?!*

Ich sage Ihnen: Gäbe es einen internationalen Pisa-Test für Kater, er wäre in Deutschland noch viel verheerender ausgefallen als der mit den Schülern. Aber das will meine Familie ja nicht hören.

Glücklicherweise hat der liebe Gott Leserinnen und Leser gemacht und nicht nur Schreiber. Die Leserinnen und Leser verstehen mich (sogar die herzensgute, doch gestrenge Frau Lemärie vom Tierschutzverein Duisburg e. V., die immerhin noch mit dem legendären Professor Grzimek über Katzen korrespondierte), und die mailen mir Mut zu, wie zum Beispiel *Hundsmann@aol.com*, und wo immer er auch wohnen möge, in Weeze oder Waikiki, ich danke ihm. *Hundsmann@aol.com* wurde früher selbst von Katzen gehalten, von Fritzi und Henry, und er muss heute noch schlucken, wenn er an die beiden denkt, obwohl Katz und Kater doch schon seit fast zehn Jahren über den Wolken mausen. Zu Lebzeiten aber stach Kater Henry ebenfalls durch »Lebensuntüchtigkeit« und »ausgeprägte Feigheit« hervor: »Während unser Fritzimädchen alle Türen öffnete, stand Henry nur davor und schrie die

Tür an«, schreibt *Hundsmann@aol.com* glaubhaft. Und wenn die Tür sich nicht rührte? »Hat er sie mit seinen acht Kilo Lebendgewicht verprügelt und die Schreiarien verstärkt.« Weil die Tür so doof war, klar. Und dann hat der Krawallkraller die böseböse Tür zerhäckselt, bis dass Fritzi kam, sah und die Tür öffnete, »natürlich nicht ohne ihm im Vorbeigehen mal eben für seinen Lärm eine Ohrfeige zu verpassen«.

So, und nachdem mir von *Hundsmann@aol.com* noch bescheinigt wird, meinen Kater nicht beleidigt zu haben, sondern denselben mit »tiefer Liebe« zu beobachten, müssten auch Rosa, Jan und Frau Miau einsehen, dass eben manche Tiere gleicher sind als andere.

Vor allem Jones und ich.

Von Nike und Kratzern im Lack

Sie wissen, warum unser Indiana Jones Indiana Jones heißt? Richtig: weil er das zwar mickerigste, aber konkurrenzlos kühnste Baby unseres Superkatzenwurfs war. Weil er sich als Erster das rote Sofa emporkrallte und Fääääden zog, weil er als Erster mit allen vieren in Smillas heiliger Katzenmilchtasse stand wie Harrison Ford im Schlangenhaufen, weil Harrison Ford dabei auch immer dezent dämlich, aber grundsympathisch aussieht, weil – ach, wie kann sich ein Katercharakter doch ändern!

Vor kurzem hat er, mausgrau und ständig auf der Flucht, abermals Ansätze zur Wandlung gezeigt: einen Anflug von echtem Heldentum nämlich. Dass er (hinterm Glas der geschlossenen Terrassenschiebetür zwar, aber immerhin) neulich den schwarzen Flo von nebenan angefaucht hat wie ein grimmer Killerkater, erwähne ich nur nebenbei. Was uns stutzig machte, war die Schramme an seinem rechten Ohr. Und die Tatsache, dass genau zeitgleich die nette Nina von nebenan mit ihrem Flo wegen Flos verletzter Pfote zum Tierarzt fahren musste: Alles deutete auf eine Kater-Keilerei hin, auf ein richtiges Katzenkloppen um Weiber mit Fauchen, Knurren, Beißen und Kratzen und allem drum und dran, und wir konnten sagen, unser Helden-Jones sei dabei gewesen!

Mein pazifistisches Hasenherz schlug höher, das können Sie mir glauben, wobei alle Bartels leicht verwundert, aber mit einiger Begeisterung Jones' markante Ohr-Schramme bestaunten. Wir riefen sogar Eltern und Schwiegereltern an, um mit unserer Kampfmaschine anzugeben: »Jones hat eine Schramme am rechten Ohr, eine Kampfschramme!«

Es war meinem Sohn und Katervater Jan vorbehalten, darauf hinzuweisen, um was für eine Schramme es sich bei dieser Winkelschramme handelte, die aussah wie das »Abgehakt«

hinter »NRZ – erfrischend anders!«. Jan, der vor kurzem neue Fußballnoppenschuhe bekommen hat, erkannte nämlich: »Die Macke sieht aus wie von Naikie!«

Ich war begeistert, denn da war endlich mal wieder eine Gelegenheit, zu einem meiner gefürchteten Exkurse auszuholen, diesmal über Nike, die in der Regel mit Palmzweig, Kranz und Binde ausgestattete, dabei erstaunlich mythenlose, erst in hellenistischer Zeit kultisch verehrte griechische Göttin des Sieges, die die ollen Römer zu Victoria umtopften, was aber nichts weiter zur Sache tut, denn die Zeichen stehen, Nike hin, Schramme her, in der Kolumbusstraße auf Sieg, genau wie für die E-Jugend des TSV-Heimaterde, in der ein Prachtjunge spielt, der seine tollen, neuen, ziemlich teuren Fußballschuhe mit dem Abgehakthaken drauf bestimmt nach jedem Nutzen putzt!

»Hoffentlich läuft er nicht bald Reklame für adidas«, unkte uns meine ansonsten gar nicht zum Sarkasmus neigende Gemahlin wieder ins Profane zurück. Und wir haben sehr gelacht.

Kurz darauf haben wir tagelang gar nicht mehr gelacht. Jones ist angefahren worden, nachts um zwei, und das Auto, dessen Besitzer sicher einen Mordsaufstand machen würde, kratzte man einen kleinen Kratzer in den schönen Lack, brach ihm den Oberkiefer und den Unterkiefer und fuhr dann fort. Unser Jonny schleppte sich irgendwie zu uns hoch unters Dach, wurde, ein grauer Trümmerhaufen mit roten Flecken, von meiner Frau in die Duisburger Tierklinik gefahren, noch morgens mit Klammern, Drähten und Fäden für 478 Euro zusammengeflickt und drei Tage später nach Hause entlassen.

Er berappelt sich wieder, langsam. Er schläft viel. Er schlabbert pürierten Katzenpamps und schnurrt schon wieder, wenn man ihn streichelt. Damit er sich nicht putzt und kratzt und dabei sich selbst die Fäden zieht, trägt er eine durchsichtige Halsmanschette. Irgendwie sieht er aus wie ein verkehrter Electrola-Hund – so als wäre er hinten ins Grammophon gekrochen und guckte vorne aus dem Schalltrichter raus. Wir würden gerne lauter drüber lachen, aber seitdem sich das Bartelkatzenüberfahren in der Heimaterde zum Volkssport entwickelt, lachen wir leise. Außerdem sieht unser sanfter Hübscher – neuerdings – echt verwegen aus.

Und er hat sich wieder berappelt, der geflickt und zugenähte Jones. So ein popeliges Auto plus Fall von »polytraumatisierter Kopfverletzung, OK-Fraktur mit 1 Spickdraht + Zuggurtung fixiert, UK-Symphysenfraktur mit Cerclage fixiert« nebst »Nickhautvorfall durch neurologisch bedingte Polytraumatisierung« bringt einen Smilla-Sohn nicht um. Und die alberne Halsmanschette hat er auch wegmiaut, und er, der Angsthase im Katzenpelz, latscht mittlerweile im Garten durch die Kiefern breitbeinig wie nie zuvor. Jan will ihn sogar dabei beobachtet haben, wie er Sammy und Flo, die Kater-Gang von nebenan, grimmig vor sich hergetrieben hat wie ein echter Kampfkater. Dabei ist er jetzt höchstens ein Kampf-Ex-Kater, doch mein Sohn nennt ihn ehrfurchtsvoll »Katzilla«. Und noch Erstaunlicheres ist zu berichten: Er hat meiner Frau eine Maus aufs Kopfkissen gelegt, die erste selbst gefangene Nicht-Spiel-Maus seines Lebens. Frau Miau hat sich nicht nur deshalb sehr gefreut, weil es drei Uhr morgens und zumindest die Maus noch wach war: All die Mäuse zuvor hat unser Kater entweder geschenkt bekommen oder gestohlen. Oder ausgeliehen. Es scheint was dran zu sein an der These, dass Schwellenerfahrungen Menschen verändern – warum also nicht auch Katzen? Und das Allerschönste: Jones ist Onkel geworden, Fünffachonkel. Damit wäre Rosa (12) jetzt fünffache Katzenuroma, denn Jones' Schwester Marlene hat in einem Oberhausener Katzenklo drei Katzen und zwei Kater zur Welt gebracht. Klar, Klara war die Hebamme, hat ihre Freundin tüchtig angefeuert (wau!) und später die Würmer sauber schlabbern geholfen. Eins der Babys war eine Steißlage, ist ein bisschen kleiner als die andern und schmuddelbraun und schwarz getigert und grau getupft – ein unwiderstehliches Potpourri, das so ziemlich allen Straßen- und Stubenkatzen des Ruhrgebiets ähnlich sieht. Aber es guckt wie Smilla.